GÉRARD GLATT

LE TEMPS DE L'OUBLI

De Borée

À Roger Vrigny, mon professeur,
en souvenir de lui.

Note de l'auteur

Si ce roman se fonde sur un motif réel, la Seconde Guerre mondiale, et se situe géographiquement dans un site tout aussi réel, l'histoire qu'il raconte est fictive. Les personnages sortent de l'imagination de l'auteur et n'engagent que lui. Toute ressemblance avec la réalité serait fortuite.

Première partie

I

LE RÉVEIL SONNE.

Cambo s'éveille, s'étire, se lève. Comme chaque matin, il se dirige vers la fenêtre, puis il l'ouvre toute grande. Il respire. Ses poumons s'enflent d'air pur, se vident, s'enflent encore. Et ainsi durant cinq à dix minutes, été comme hiver, qu'il neige ou qu'il fasse beau.

Qui êtes-vous, docteur Cambo ? Qui êtes-vous aujourd'hui ? Que serez-vous demain ? Peut-être plus rien. Avez-vous jamais songé qu'un jour cela pourrait vous arriver ? N'être plus rien ? Il faut vous y préparer, docteur. Parce que vous êtes vieux.

Il est 8 heures.

Après s'être baigné, Cambo prend son café, quelques biscottes, il parcourt une revue médicale, compulse son carnet. C'est le jour des visites. Il fait son tri et choisit parmi ceux qu'il doit visiter les cas les plus urgents, sans oublier toutefois ses préférences : il commencera par Sébastien Itahoa, le perdu, puis viendra le tour de la Célestine. Ensuite… Il hausse les épaules. Ensuite, il sera bien temps.

Consultez votre carnet, Cambo, effectuez votre choix. Mais soyez attentif. Écoutez mes paroles. C'est pour vous que j'œuvre à l'heure présente, pour vous seul, pour votre vie ancienne qui s'amenuise et s'étire, et disparaît déjà. Que serez-vous demain, docteur, que serez-vous ? Une ombre de plus parmi les ombres ? Ne dites rien. Ne soyez pas amer. Des forces d'éternité sont encore à puiser. Écoutez-moi. Écoutez-moi simplement, sans rien dire, je vous le demande. Épargnez la disgrâce au mort que je suis, vague chair disloquée au profond des crevasses d'Holçarté[1]*, ossements épars, nourris de la dernière sève des derniers printemps. Ai-je donc mérité votre oubli ? Vous qui pensiez à moi de si belle manière, vous qui cherchiez pourtant*

1. Crevasses d'Holçarté (ou Holzarte) : fractures rocheuses situées au Pays basque, près du village de Larrau. Impressionnantes, leur profondeur atteint jusqu'à 200 mètres. Une passerelle, datant du début du XX*e* *siècle, permet de les traverser.*

mon regard, et mon âme. Écoutez la pensée des morts. Vous me l'avez apprise, j'avais alors huit ans, drôle de fable tout de même pour un enfant, que nous chantonnions ensemble, presque joyeux :

« Voilà les feuilles sans sève
Qui tombent sur le gazon.
Voilà le vent qui s'élève
Et gémit dans le vallon,
Voilà l'errante hirondelle
Qui rase du bout de l'aile
L'eau dormante des marais,
Voilà l'enfant des chaumières
Qui glane sur les bruyères
Le bois tombé des forêts[1]*. »*

Souvenez-vous, Cambo. Nous étions seuls et marchions à travers les bois, nous chantions en descendant d'Urdos, entre gave et montagne à l'ombre du grand ciel. Poursuivez avec moi, poursuivez. Nous étions sur la même route. J'entends encore l'Aspe qui courait à nos pieds. Elle porte la musique. Elle est votre fierté. Chantez, docteur, chantez :

---

1. *Extrait de* Pensée des morts, *poème d'Alphonse de Lamartine (1790-1869).*

« C'est la saison où tout tombe
Aux coups redoublés des vents ;
Un vent qui vient de la tombe
Moissonne aussi les vivants :
Ils tombent alors par mille... »

Vous devez vous souvenir. Vous ne pouvez avoir oublié. L'automne aux rouges couleurs, aux couleurs d'or et d'acier, comme un manteau de chaleur enserrait nos épaules. Au cirque de Lescun où nous attendaient le curé, et la mort à l'église enveloppée de brume et d'azur, au soleil éclatant de la prairie. Prisca vivait encore, que j'aimais à la folie. Ma Prisca, mon amour, que je n'ai pas revue. Et Martial. Et Justin. Bergers de race rare, et fiers. Qui sont tombés aussi :

« Comme la plume inutile
Que l'aigle abandonne aux airs
Lorsque des plumes nouvelles
Viennent réchauffer ses ailes
À l'approche de l'hiver... »

Il volait, le grand aigle, et planait dans son ombre l'ombre de la mort, sous mille feuilles enterrée. Vous chantiez alors. L'isard au rocher veillait droit, cornes fières. Présence tiède au piton gris. Chanterez-vous encore ? Grand aigle, Cambo, que ne m'avez-vous appris les gestes de pudeur qui m'eussent fait le grand homme que j'imaginais être, mais que je ne fus pas. Vous possédiez le savoir, vous possédiez la nature ; il est à moi le reproche, il est à moi le regret que vous portez dans l'âme. J'ai perdu mes yeux. C'est la vie qui vous perd. Mais vous chantez toujours. Une musique. Quelques notes au hasard de l'Aspe qui court et demeure d'une inégale présence. Qui s'enlève au hasard. Vous êtes vieux, docteur, et vous n'en pouvez plus de vous traîner ainsi. Oui, posez votre chapeau. Asseyez-vous là, sur cette pierre. La forêt silencieuse est toute votre mémoire. Chaque branche des arbres a vécu votre vie. Chacune de ces pierres, chacun de ces galets doux et plats que vous roulez aujourd'hui entre vos doigts, a roulé hier dans la main de l'enfant qui ne vous connaît plus. Chantez avec moi. Creusez le sillon large qui vêtira le grain du manteau de chaleur. Chantez, Cambo, poursuivez avec moi :

« C'est alors que ma paupière
Vous vit pâlir et… »

NON ! Pas ce mot. Pas ce cri. Pas encore. Vous ne méritez pas, docteur, de le prononcer. Pardonnez-moi mon erreur. Car mourir est encore vain à qui ne le sait pas. Taisez-vous. Aimez-moi seulement comme jadis. Menez-moi par la main, c'est votre aide, c'est la main que je tends, c'est l'espoir insensé qui vit encore au mort qui n'a pas su. J'aimais tant ma jeunesse dont il ne reste rien. J'aimais tant mon plaisir, et mes joies, et mes pleurs. J'ai tous les biens, mais ne jouis plus d'aucun. Mourir, chose faite. Sébastien Itahoa vous attend. Mais qu'a-t-il à vous dire ? Docteur, c'est effrayant…

II

SÉBASTIEN ITAHOA, alité depuis trois semaines, vit au large d'Eygun, sur les flancs de montagne, là où ruissellent par milliers les hêtres, les sapins et les frênes. Sa maison est de celles du Béarn qui n'ont d'ouvertures ni trop grandes ni trop petites, qui laissent au jour une juste mesure et ne permettent au froid qu'une sage réserve. La toiture à pans coupés est d'ardoise large et tranchante. Et la pierre est lourde. Mais quoi d'étrange à cela ? Parce qu'ici, de la lourdeur, du poids, de l'indéracinable, comme produits de l'homme, on en trouve un peu partout. C'est du moins le sentiment qu'en a le voyageur lorsqu'en avant d'Oloron-Sainte-Marie il s'aventure à remonter la vallée de l'Aspe jusqu'à Bedous, puis de Bedous jusqu'au Somport. Tout ici est lourd, comme chargé d'orgueil, et prêt à rendre les coups si besoin s'en fait sentir : les hommes, d'abord, costauds comme nulle part ailleurs, et vaillants comme dix ; leurs demeures, ensuite, sans âge, que rien, pas même la terre en colère, ne saurait ébranler. Tout est lourd et robuste, comme cette église à la tour carrée que coiffe un clocher noir, aux larges débords, comme un chapeau à quatre pans qu'on aurait enfoncé de force sur un crâne trop lisse. Enracinés, ancrés dans le granit jusqu'aux cuisses ou bien les jambes trempées, glacées par l'eau du gave, les hommes sont là, qui regardent leurs créations, fascinés, éblouis par ce qu'ils ont inventé, à l'inverse de l'élan majestueux des aiguilles rocheuses, aux couleurs blondes, qui, tout autour, dentellent le bleu du ciel, mais pourtant en si belle harmonie avec elles. Une dentelle de diamants que Sébastien Itahoa, ramassé sous ses draps, désespère, l'œil humide, de ne plus jamais revoir, et face à laquelle, chaque matin, quel que fût le temps, quand il était encore ingambe, ce n'est pas si loin, il s'étirait, heureux de vivre, comme un gamin de dix ans. Car sous leurs airs parfois bravaches et fiers, les gens d'ici ont aussi l'émotion vive et le cœur gros comme ça. Sébastien Itahoa, comme les autres, n'y a pas échappé.

Tandis que le soleil pointe son nez, dans la cuisine qu'un feu de bois éclaire faiblement, ses deux fils se baignent ensemble dans l'eau qu'ils sont allés chercher à la source qui ravine à vingt mètres, puis s'en va d'un coup, par-dessus un à-pic.

L'aîné a trente ans, le second vingt-sept.

Henri, l'aîné, a le poil rude et sombre, comme son père, le muscle épais.

Pierre, le cadet, est plus mince, il a la taille fine et le geste souple. Le bruit court dans le voisinage qu'il plaît aux filles et qu'elles aiment son regard bleu, un peu triste.

Debout, l'un près de l'autre, ils se baignent, ils se savonnent et se rincent. À tour de rôle, ils déversent sur leurs épaules un broc rempli d'eau chaude, puis ils s'ébrouent comme de jeunes chiots.

Quand Pierre sort du bain – il est toujours le premier –, il dit à Henri :

« Frotte fort ! Frotte encore ! »

L'aîné prend alors l'étoffe qu'il a mise à tiédir près du feu, puis il entoure le cadet de son bras gauche. Il le prend fort contre lui et, d'une main vigoureuse, il le réchauffe et lui frotte les reins, l'échine et le bas du corps jusqu'à l'en faire rougir. Le travail fait, il se sèche à son tour.

Puis il s'habille, et sort.

Pierre ne le rejoint que plus tard, quand le soleil a déjà fait sa route et percé la forêt, lorsque le mulet est attelé et le chariot chargé.

Il boit son lait, seul devant la cheminée. Les flammes lèchent les murs. Le bois sec, coupé voici deux ans l'hiver dernier, brûle vite ; il en faudra du moins vieux pour que dure le feu.

Un couteau sur la table, une miche, un jambon, les restes d'un fromage de brebis. Pierre a faim.

Il prend le pain, s'en coupe une large tranche. Il mord à belles dents le fromage qu'il laisse fondre dans la bouche, avale une gorgée de lait, prend encore du fromage et du pain.

Puis il prépare le repas : un lapin tué la veille, une poule ou une oie, des œufs, du jambon, du fromage, ou bien quelque confit qu'ils mangeront, son frère et lui, quand le soleil à midi leur rappellera la faim. Il n'oublie ni l'eau, ni le vin, moins encore le tabac, l'ami de solitude. Le reste est l'affaire de l'aîné : les bidons pour le lait, les outils pour le bois, le sel, et tout l'indispensable au soin du troupeau.

Quand Pierre a bouclé le panier de victuailles, il demeure un instant sans bouger, c'est l'absente, la mère morte il y a quatre ans qui manque à tous les trois, dont il revoit le visage épanoui, l'œil vif et le tendre sourire, les cheveux en bandeaux, la poitrine un peu forte… mais il repart bientôt, plus résolu, se reproche parfois sa faiblesse, puis il songe à ce jour béni qui l'a vu naître dans cette maison, chez Sébastien.

Le lit est bientôt fait.

Un adieu à son père, qui l'étreint un moment, les bras tout tremblants. Une dernière recommandation :

« Dis au docteur, quand il sera là, de remettre du bois dans la cheminée. »

Un dernier regard avant de tirer la porte derrière lui.

« N'oublie pas, surtout ! », répète Pierre.

Puis il sort à son tour.

Les voici à mi-parcours, sur un étroit sentier.

Ils se sont arrêtés, c'est l'habitude, pour que le mulet prenne du repos. Pierre coupe des fougères encore tendres. Il les tend à l'animal qui les lui mange dans la main.

Henri s'est avancé vers la crête : il regarde au loin le troupeau qui n'a guère bougé depuis hier que de vingt à vingt-cinq mètres, en direction du sud. Satisfait, il rejoint l'attelage.

Aujourd'hui, plus qu'à l'accoutumée, son pas est pesant et sa démarche lente. Le fusil qu'il porte sur l'épaule ne l'inquiète guère, il n'a pas envie de tirer. Peut-être tout à l'heure, ou demain, si son humeur change. Mais pour quelle raison ?

Car une chose le tracasse dont il voudrait parler à son frère, mais à quoi bon ? Il n'est encore certain de rien, et peut-être se fait-il des idées. Il n'empêche. Ça tourne dans sa tête : voici deux jours de suite qu'il voit cette ombre dans la nuit se faufiler devant les fenêtres de la cuisine. Elle est silencieuse, et ne laisse aucune trace derrière elle. Pourtant, ce dont il est sûr, c'est qu'elle existe. Deux jours de suite. Au beau milieu de la nuit. À la même heure. Juste au moment où la lune effleure le pic Billare. Ce ne peut être une illusion, ni un rêve.

Il ne dit rien à son frère qui déjà s'avance sur le sentier et joue de la *tchirüla*[1]. Il prend les rênes et tire un rude coup. L'attelage grince, hésite et s'ébranle pour quelques centaines de mètres.

Quand ils arrivent au pied des grands pics, là où pâturent les troupeaux, une fantastique muraille granitique qui barre l'horizon court d'un bout à l'autre de la courbe du soleil, d'est en ouest, au-dessus des estives. Henri le premier s'arrête, dételle le mulet, puis décharge le chariot.

Un instant de repos : il lève la tête, tout en dégrafant sa chemise questionne le ciel, son visage s'éclaire, il fera beau, la journée sera

1. Petite flûte basque, généralement en buis, à trois trous.

chaude… Il s'avance alors vers le troupeau, en contrebas, puis il crie :

« *Renilhet ! Renilhet !*[1] »

Sa voix est profonde. Elle s'enfle au contact des roches. Boucs et béliers se redressent, cherchent le berger qui les appelle, hésitent, attendent encore avant d'entraîner à leur suite le troupeau engourdi.

« *Renilhet ! Renilhet !* »

C'est le cri des bergers qui traverse à cette heure le cœur des Pyrénées, fait trembler l'isard, réveille l'aigle royal et rend fous les chiens. À cent mètres de là, face aux béliers cornus, Pierre s'égosille à son tour :

« *Renilhet ! Renilhet !* », crie-t-il à gorge déployée.

C'est le signal, cette fois plus rien n'y fera : les trois boucs ont dressé leurs oreilles, leurs naseaux frémissent, puis ils s'avancent, seuls d'abord, bientôt suivis de l'ensemble du troupeau. L'air à ce moment tremble du son des clarines qui s'agitent. La nappe de brume, comme étonnée, se dissipe, elle s'élève lentement et passe au-dessus des arbres qui la déchirent au passage. Le village au loin se prend à son tour d'une

1. *Cris d'allégresse des montagnards, souvent mêlés au son de la* tchirüla *et du tambourin.*

agitation dont on entend les rumeurs : le jour vient au monde et s'organise.

Ainsi, tous les matins, se lève le soleil au cirque de Lescun.

Pour les deux frères Itahoa, l'heure matinale n'est pas à la contemplation. Chacun muni d'un seau, ils se frayent un chemin, pénètrent au milieu du troupeau, partent à la recherche des brebis qu'ils savent approcher, puis leur prennent le lait qu'ils s'en vont ensuite passer, et ainsi sans discontinuer tout au long du jour qui s'installe.

L'une d'elles inquiète Pierre. La première qu'il a sous la main. Elle a maigri. Son lait est jaune et plus épais qu'à l'ordinaire. Il songe à la parquer, mais il craint déjà qu'il ne faille l'abattre, car sa langue est sèche, son poil se casse sous la pression des doigts. C'est le sel qui la ronge. Une maladie qui n'est pas rare.

« Bah ! », fait-il en haussant les épaules.

Il la flatte longuement, ne sachant s'il doit ou non la laisser filer. Bientôt il se résigne. D'une bourrade sur la nuque, il la repousse. La brebis s'éloigne. Elle a les flancs creusés.

Absorbé par l'ouvrage, Henri ne s'est aperçu de rien. Il remplit les bidons de lait, va d'une bête à l'autre, les trait, leur parle aussi de ce qui le tracasse : c'est toujours cette histoire qui lui tourne dans la tête, cette ombre qui revient, qui reviendra cette nuit, il n'en sera pas autrement, mais il est décidé, il veillera, il attendra son passage et l'attrapera s'il le peut. Car elle doit bien appartenir à quelqu'un, cette ombre, un vagabond peut-être, mais ce serait étonnant, non plutôt une connaissance, un homme du pays qui leur veut du mal. Mais pourquoi donc ? Il pense à Sébastien, tout seul et déjà si vieux, sans défense, et lui souhaite longue vie, comme ça sans réfléchir, comme pour le protéger d'une mort qui viendrait le cueillir dans son lit. Mais il rit bientôt de sa sottise. Quel mal pourrait-on vouloir à son père ? Il est la bonté même. Il aime trop les hommes pour que les hommes lui en veuillent. Et puis Cambo n'est-il pas là, tous les matins, pour bavarder avec lui ? le protéger ? le soutenir ? lui redonner le goût de vivre ?... Sans doute, l'ombre appartient-elle plutôt à un vieux à qui Sébastien aura naguère rendu service. Ce doit être ça, oui, ce ne peut être que ça, aucune autre explication n'est possible, inutile de chercher plus loin, seulement voilà, le vieux n'ose pas, il a peur de frapper tant qu'il est temps, il voudrait remercier, faire quelque chose, mais il n'ose pas, et finalement la nuit tombe. Bon sang ! Ça n'est pas le courage qui l'étouffe, songe Henri, rassuré. Ce qui ne change rien à l'affaire : la décision est prise, il veillera ce soir, il attendra une nuit, deux nuits s'il le faut ou plus encore, puis il prendra l'ami par le bras et il lui dira :

« Entre... Il y a de quoi boire et manger, il y a aussi de la chaleur, pourquoi restes-tu dehors ? »

L'autre refusera, c'est bien sûr, c'est du savoir-vivre ça, mais il entrera quand même, se chauffera au coin du feu, mangera du jambon ou des œufs, dormira sur la paillasse, près de la cheminée, et puis le lendemain, après la toilette, il ira dire bonjour au père.

Henri est satisfait, sa décision est sage.

« Va rejoindre les autres ! », fait-il en donnant une bonne tape sur les fesses d'une brebis.

C'est à ce moment qu'il entend chanter son frère. Un refrain bien connu du pays de Béarn, qu'il veut chanter aussi.

« En chœur ! crie-t-il à Pierre

– En chœur ! », crie Pierre à Henri.

Il fera beau ce soir, chez Sébastien Itahoa, car un ami y est attendu.

III

QUAND LE DR CAMBO quitte la route écrasée de soleil, les plaintes de la forêt se changent en cris furtifs : celui de l'animal blessé, pris au piège, qui sait la mort proche, celui de l'oiseau étouffé, ceux du gypaète qui fend l'air ou de l'aigle qui vire dans le ciel et siffle. Le renard inquiet traverse la sente. Le bois gorgé de pluie craque. Le lièvre apeuré se dresse, immobile un moment, puis détale soudain. La mousse crisse sous le pas. Les fougères se balancent, moribondes elles ont l'odeur âcre de la sueur. Toute une vie secrète qui s'affole, ou qui sombre dans une tiède hypnose. Comme un profond soupir de l'espace, avant que les bois ne retrouvent leur silence.

La route était rude, je m'en souviens très bien, et nous trébuchions sur les racines noueuses des rouvres[1]*, manquant à chaque pas de nous rompre les os sur les roches, en contrebas. Alors, nous suivions la même voie, docteur, et nous marchions côte à côte, ou l'un derrière l'autre quand nous ne pouvions mieux faire, mais sans jamais se quitter. Vous n'avez pas oublié. C'était l'automne aux rouges couleurs, aux couleurs d'or et d'acier, comme un manteau de chaleur jeté sur nos épaules. Mais quelle est aujourd'hui votre saison ? Le printemps ou l'hiver ? Voilà que je m'y perds un peu. Est-ce le printemps au charme de l'amour ? Ou ce fâcheux hiver ? Je ne vois plus les teintes, je les sais de tout temps, je les ai dans mon âme, mais saurai-je jamais sans votre secours ce qu'elles sont à présent ?*

Il s'est assis, le docteur. C'est un endroit tranquille, juste au-dessus de l'Aspe. Un endroit qu'il affectionne depuis toujours, dégagé pour le regard, mais à l'abri des promeneurs. Il écoute, et cela remue dans sa tête.

J'avais alors huit ans. Vous vous souvenez ? Comme chaque matin, je descendais d'Eygun et suivais l'Aspe jusqu'à ce trou d'eau que vous voyez

1. Chênes à glands non pédonculés, que l'on rencontre fréquemment en forêt, montagneuse ou non.

encore. Enfant libre, je partais souvent avec mes deux frères, plus âgés que moi, qui me tenaient en protection. Mais ce jour-là, j'étais seul. Martial était aux estives. Auguste à Bedous, comme chaque mercredi, au marché des bestiaux. Vous pouvez croire que j'étais heureux, docteur, d'aller seul et de jouir à n'en plus finir de cette vallée.

C'était l'époque, j'avais huit ans, où je découvrais les attraits de mon corps. Il était alors le centre de ma vie, c'était normal, et l'univers autour de moi ne gravitait que par sa puissance. J'étais à l'âge où sans plus être un enfant, je ne connaissais encore aucune des joies que procure l'adolescence. L'âge où l'on devient un mystère pour les autres, y compris pour ses parents, un mystère également pour soi-même. Et c'est de ce mystère, ce jour-là, que je venais ici lever le voile.

Arrivé près du trou, j'ai ôté mes vêtements, mais avec lenteur comme pour mieux goûter un plaisir dont je n'avais pas encore conscience. Mes chaussures ? Je les ai placées l'une près de l'autre, et par-dessus mes chaussettes. J'ai aussi plié ma chemise, comme me l'avait appris ma mère, et goûté ce faisant les délices du vent qui glissait sur ma peau, suivait les courbes de mon dos telles que je les lui proposais. Ainsi me trouvai-je nu, à l'abri des regards, libre et nu, imaginant ce bonheur qui allait être le mien au contact de l'eau. Mon cœur battait fort. J'étais à l'heure de ma première jouissance. Quel dégât au niveau de mon âme, docteur, si j'avais appris votre présence, à quelques mètres de moi, là où je vous retrouve aujourd'hui ! Mais n'est-il pas vrai que ce devait être ainsi ? Que des forces inconnues nous guident à notre insu ? Que notre liberté… Mais c'est une autre histoire.

Je suis entré dans l'eau glacée. Comment ai-je pu faire ? J'ai posé les pieds sur des galets ronds et doux, à la recherche d'une roche assez plane qui pût me recevoir tout du long. J'en ai avisé une près du grand trou. Je n'avais que quelques mètres à franchir. Trois ou quatre pas, tout au plus. Tout à coup, l'eau est montée jusqu'à mon ventre. Alors, je me suis arrêté net, tremblant de froid, mais j'étais tellement heureux que rien n'aurait pu me faire rebrousser chemin, puis j'ai avancé à nouveau jusqu'à cette roche plane, légèrement surélevée, sur laquelle je me suis enfin allongé.

Je ne saurais vous décrire, docteur, quelles furent alors mes sensations, mais je me souviens de choses si étranges que la mort seule peut aujourd'hui me permettre d'avouer : jamais l'amour ne me procura tant de plaisir que cette eau vibrante et glacée. Ma tête, ballottée par le flot, allait de droite et de gauche. Le courant glissait tout au long de mes bras écartés ; il flagellait mon torse et mes jambes, tandis que ce bout de rien du tout, attaché à mon ventre et malmené par l'onde – j'en rirais avec vous si je le pouvais encore –, ajoutait aux morsures faites à ma peau comme une caresse insidieuse qui, sans discontinuer, me pénétrait les entrailles et m'assaillait l'esprit.

Ne m'en veuillez pas, docteur, d'insister ainsi – mais serait-ce vraiment trop ? – sur les douceurs de la vie, n'en veuillez pas au mort que je suis d'avoir pour souvenir les délices de mon corps. C'est qu'ils me manquent l'un et l'autre. Je les ai si peu goûtés. Et puis, n'est-ce pas à la détresse de mon corps que je vous dois, docteur, de m'avoir sauvé ?

Cambo opine du chef, bien malgré lui, il a le cœur gros, ses yeux se mouillent. Comment aurait-il pu oublier ? Le drame est arrivé si vite. Il regardait l'enfant. Il savourait son plaisir de le voir se griser, tout seul au milieu des nuées. Quand il avait soudain entendu le choc quasi métallique d'une masse tombée dans l'eau. Alors, et dans la seconde qui avait suivi, il avait imaginé le pire. L'accident ! Ses jambes s'étaient mises à trembler. Mais il s'était levé d'un bond, avait dévalé la pente. Des branches s'étaient brisées sur son passage, l'avaient cinglé. L'enfant bientôt s'était retourné. Il avait voulu crier, peut-être se défendre. Mais aucun son n'était sorti de sa gorge. Son univers s'écroulait. Éclatait comme une bulle. Il avait peur. Incapable de se redresser. Peur d'une correction. Ou de la mort. La mort.

« Attention ! », avait crié Cambo.

Mais il était trop tard : charrié par le courant, le tronc d'arbre glissait sur les roches, dépassait à peine la surface de l'Aspe, luisait comme un tranchant de lame. Dans son sillage, une traînée d'écume s'écartait en deux ailes profondes. Cambo s'était élancé dans l'eau. Comme ça. Sans réfléchir. Puis d'une main il avait saisi le bras droit du jeune Francis à l'instant où le tronc lui déchirait déjà la jambe.

Il est temps de poursuivre, songe le docteur troublé par ce souvenir. Il reprend sa route, jette un dernier regard vers le trou d'eau paisible, puis il s'enfonce à nouveau dans la forêt qui craque.

Quand il arrive au terme du chemin, c'est le silence qui l'accueille, mais un silence peuplé de sons indistincts. À cette heure où les fils sont absents, la ferme d'Itahoa n'a de vie que pour la poulaille qui glousse, va de droite à gauche, en tous sens, du fumier au puits, à la recherche de vers ou de grain perdu. Il traverse la cour. Il frappe à la porte. Il entre. La pièce est sombre. Sombre et triste de n'avoir plus de femme. Dans la cheminée, les dernières braises s'éteignent.

« Oh, Sébastien ! C'est moi, Cambo ! », crie-t-il.

Une voix cassée lui répond.

« Je sais qu'il fait froid, poursuit Cambo. Je vais mettre du bois pour chasser l'humidité. »

Ce disant, il a posé sa mallette sur la table, puis il s'est dirigé vers la resserre où sont les bûches. Il souffle à présent sur les braises. Une épaisse fumée s'élève. Les cendres se dispersent. Puis une flamme apparaît soudain qui s'agrippe au bois sec et s'étale.

Le vieux Sébastien s'est assis dans son lit. Le regard tourné vers la porte ouverte de la cuisine, il écoute le tic-tac de la pendule aux poids de fonte, le crépitement des bûches qui s'enflamment.

« La nuit a été bonne ? fait Cambo.

– Oui, répond Sébastien.

– Et la jambe ?

– Elle pue ! dit le vieillard. Je suis trop avancé, ça ne reprendra jamais. »

Cambo hausse les épaules.

« C'est vrai qu'elle n'est pas très belle », dit-il en découvrant les plaies.

Cassée en deux endroits, les chairs arrachées : le résultat d'une mauvaise chute. Il est trop tard. Tout le monde le sait. Pour éviter la gangrène, il aurait fallu la couper, cette jambe. Mais dans l'état de faiblesse actuel de Sébastien, Cambo se refuse à cette idée. Alors il panse, il fait des piqûres, il désinfecte. La besogne quotidienne, mais une sale besogne.

« J'en ai encore pour longtemps ? fait Sébastien.

– Le temps que ça durera, répond le docteur.

– Et ça durera longtemps ? insiste Sébastien.

– Tant que la machine fonctionnera... Et tes fils, poursuit Cambo, je ne les vois plus, où sont-ils ? Et l'Henri ? Toujours aussi fort ?

– Une carcasse, oui, c'est du roc que j'ai fait. Mais tu ne m'as pas répondu. Dis-moi, j'en ai encore pour combien de temps à pourrir sur cette paillasse ?

– Je te l'ai dit : tant que ça durera... Et Pierre ? »

Sébastien est agacé.

« Aux estives, avec Henri. Où veux-tu donc qu'il soit ? »

Il y a un silence. Les deux hommes n'osent pas se regarder. L'un s'affaire sur la jambe malade. L'autre ferme les yeux. Ils souffrent tous les deux, et tous les deux souffrent d'un même mal.

« Je vois bien que tu ne veux rien me dire, reprend Sébastien. Je ne suis pas effrayé de sentir la mort. Je l'ai rencontrée si souvent, chez moi, dans les champs, partout où je suis allé. Il fallait bien tôt ou tard qu'elle s'adresse à moi. Eh bien, voilà qui est fait. Mais elle est encore timide : tous les soirs, elle rôde et puis s'en va... Et tu me demandes si les nuits sont bonnes ? Si je dors aussi bien qu'avant ? J'ai envie de hurler quand le soleil tombe derrière Billare. J'attends les fils avec l'angoisse au ventre, la peur de ne pas pouvoir les embrasser. Les veillées sont aussi tristes que rares. Pas une femme pour les animer. Et quand arrive le lendemain, j'imagine mes gosses à leur réveil : derrière ce mur, là, dans la cuisine, je les entends se laver ; je les imagine aussi prendre leur bol de lait, beurrer leur pain gris. Pour moi, c'est une pitié. Pas même une femme dans leur maison, rien qu'un vieux qui fout le camp, lentement, qui n'a pas peur, ça n'est pas le mot, mais qui n'aime pas attendre. Ils seraient heureux sans moi, plus libres. »

Cambo hoche la tête.

« Tu le crois vraiment ? fait-il.

– Et comment pourrais-je ne pas le croire ?

– Tes fils t'aiment, tu le sais bien.

– C'est vrai... Oui, je suis aimé, avoue Sébastien dont l'œil se met à briller. Je suis aimé par mes fils et je les aime aussi. »

Il oublie son mal pendant un instant et ne pense plus qu'à ses enfants, perdus tout là-bas, dans la montagne.

« Alors, poursuit Cambo, si tu les aimes et s'ils t'aiment, tu dois vivre. »

Sébastien approuve :

« Tu as raison… Je dois attendre la mort et non pas l'espérer. C'est comme pour la graine : la nature sait mieux que nous autres la faire germer. On prépare le terrain, on sème, et puis on attend. C'est comme la brebis qui met bas au jour prévu par la nature. On attend. L'essentiel n'est pas notre affaire. Tu as raison, docteur, mais si tu savais comme c'est difficile à admettre. On s'accroche à une idée, on s'accroche à la vie, à la mort, on s'enrage quand rien ne vient, t'imagines pas, surtout quand la solitude nous accapare à longueur de temps, la folie nous guette, et puis… Je veux savoir, Cambo, dis-moi, combien de jours encore ? »

Cambo achève de le panser.

« Je vais ouvrir la fenêtre, dit-il, il fait froid dedans, mais chaud dehors. C'est mauvais pour toi de rester comme ça, toujours enfermé. »

Sébastien serre les poings, puis il frappe soudain le bord du lit.

« Pourquoi ne me dis-tu pas la vérité ? », crie-t-il.

Cambo se retourne, le visage défait.

« Parce que tu la connais. »

Sébastien s'y attendait, pourtant le coup est rude.

« Alors je suis foutu ? demande-t-il au bout d'un moment. C'est la gangrène, hein, c'est la gangrène ? »

Mais il ne sait pas combien Cambo serait heureux qu'il vive, et qu'il vive encore longtemps.

« Je suis foutu », répète Sébastien qui ne parvient pas à comprendre.

Il regarde autour de lui, désemparé : la fenêtre ouverte sur le jour, l'ombre de Cambo sur le mur, la grande armoire, la chaise trouée, bonne à mettre au feu, le plafond gris aux lézardes étranges, et puis le lit, les couvertures épaisses qui les protégeaient tous les deux quand la vieille était là, les draps souillés, et son corps tout à coup ridicule, comme une outre percée qui se vide et ne sent plus très bon.

« Je suis foutu, je suis foutu… », maugrée-t-il encore.

C'est vrai qu'il est ridicule, songe Cambo, que la mort le rend ridicule, mais…

« Te souviens-tu du jeune Francis ? », demande-t-il soudain.

IV

IL EST 11 HEURES.

Sur la route de Lescun, alors que la ferme d'Itahoa, masquée par une chute d'arbres, n'est plus visible, le docteur s'arrête devant le cirque qui s'offre à lui en spectacle immobile : sans doute prend-il conscience à ce moment de ce qu'est la vie, mais il ne veut pas reconnaître son impuissance, ni l'impuissance des hommes face à la nature.

Il s'arrête. Il écoute.

Le cirque, abrité des vents par les hauteurs qui se resserrent au nord, s'agite, secrètement replié sur lui-même. Et cette agitation, qui n'est pas neuve, naît de l'homme, des troupeaux qui l'habitent, du son des cloches et du bruissement des cascades avoisines. Elle naît aussi de Cambo qui rêve de s'aventurer jusqu'aux limites des neiges, entre ciel et terre, dans l'espoir de ne plus jamais redescendre.

Plus jamais.

Bientôt, il s'aventure sur les flancs de montagne, conduit par le tintement des clarines que portent les brebis autour de leur cou. La pente est raide. L'herbe crisse, parfois glissante. Les arbres sont rares. Quelques sapins. Quelques ormes. De temps à autre filent un mulot, une grenouille ou quelque grillon noir. Le cirque s'étend. Ensuite, il s'arrondit. Les pics et les aiguilles se chevauchent. Les couleurs et les nuages s'enchevêtrent. Les teintes et les formes se diluent. Et le docteur songe que le plus beau cadeau qu'il ait jamais reçu fut de naître en ce lieu, parmi les hommes qu'il aime.

Le temps presse. La route est à poursuivre jusqu'au sommet du vallonnement le plus proche. Il hâte le pas, foule avec plaisir le gazon du poète, se trace une voie parmi les fleurs sauvages, les rhododendrons et les saxifrages, les térébinthes et les passerines. Autant d'essences dont il se soûle et qui lui donnent le courage de poursuivre plus avant, sans discontinuer.

Quand il parvient au sommet – c'est encore là son habitude –, il s'arrête à nouveau, s'enfle les poumons de cet air que l'on dit transparent, puis il crie par deux fois le nom des Itahoa.

Au-dessus de lui, au cœur des estives, les deux frères se retournent en même temps, Henri qui mène le mulet, Pierre qui prépare le parc pour la brebis malade. Ils fouillent les pentes de leurs yeux exercés. Ils aperçoivent le docteur, debout, qui leur fait signe du bras. Ils lui répondent de la même façon, rassurés, car ils savent que Cambo ne se serait pas donné la peine de monter si haut si le vieux Sébastien n'était encore en vie.

Le message ainsi passé puis reçu, le docteur fait demi-tour, il redescend mais sans prendre le même chemin : c'est à Lescun qu'il déjeunera. Avec la Célestine. Il a tant de choses à lui dire, et tant de choses qui l'inquiètent. Les deux frères ne se détournent que plus tard. Ils le suivent du regard jusqu'à ce qu'il disparaisse derrière les premiers arbres.

Cette fois, c'est la gaieté, c'est la joie qui les emporte. Et surtout Henri qui s'en veut de s'être ainsi fait du souci pour rien. Tout à l'heure, il en parlera à son frère. Car c'est ensemble qu'ils devront ce soir accueillir l'ami. Il attache le mulet au pieu qu'il a planté, chasse avec Pierre la brebis malade qu'il faut surveiller, sème le sel. Puis il chante. Il chante à belle voix, avec Pierre qui souffle dans la *tchirüla*.

Soudain, le doigt pointé vers le ciel :

« Un vautour ! », s'écrie Henri.

L'animal est de belle taille. Deux mètres d'envergure. Son corps est de neige légère, ses ailes brunes. Autour de sa tête, comme du cristal, une collerette Médicis qui s'enfle dans le vent. Un oiseau qu'il est rare de voir en si faible altitude. Il tournoie. La faim qui le ronge, ou bien quelque ennemi qui l'aura chassé de son aire.

« Un vautour fauve, précise Pierre.

– Mais au-dessus du troupeau, constate Henri qui se tord le cou pour mieux le voir.

– Prendra-t-il une brebis ? demande Pierre.

– Je l'aurai tué avant », répond Henri déterminé.

L'arme est prête, bien graissée, chargée. Il n'y a qu'à la sortir de sa cache, viser et tirer.

La main sur la crosse du fusil, Henri hésite pourtant.

Il tuera l'animal, rien n'est plus sûr, il a l'œil adroit, la détente rapide, sa main ne le trahit pas, mais il a le sentiment qu'un oiseau si rare au-dessus du troupeau n'est pas chose naturelle. Alors il cherche à comprendre. Il tend l'oreille, scrute le ciel.

« Tue-le ! », gronde Pierre.

Zampa le chien tremble sur ses pattes.

« Pas encore, répond Henri. Avant, je veux savoir… »

La tête en arrière, la main au-dessus du front, il suit les courbes décrites par le rapace. Des cercles d'une extrême précision, mais qui n'ont jamais le même point pour centre. Comme répondant à une géométrie nouvelle, l'oiseau vole en spirales parfaites, s'aidant d'un coup d'aile ou se maintenant dans les airs par le seul éventail de ses plumes. Tout à l'heure espacés, les mouvements de l'oiseau se succèdent, brefs, peut-être confus, comme s'ils étaient la marque d'une secrète agitation : il arque le cou, tourne la tête, plonge de trois ou quatre mètres puis, profitant d'un souffle d'air, il bat une ou deux fois des ailes et s'inscrit à nouveau dans le cercle initial. Mais un cercle qui se déplace. Qui n'est plus au-dessus du troupeau, ou moins nettement.

« Je le vois venir », dit Henri.

Couché aux pieds de son maître, Zampa gémit faiblement.

« Il sait la mort proche, fait Henri.

– La brebis parquée, veux-tu dire ?

– Ou morte déjà, oui, déjà morte pour lui », répond Henri qui prend son arme et ajuste son tir.

Ce qui se passe alors ne dure qu'un instant : le coup part, net, bien précis. L'oiseau pousse un cri, on dirait qu'il bascule, hésite. Puis il tombe d'un coup près du parc de la bête malade. Est-ce à dire pour autant qu'il va mourir ainsi ? Debout sur ses pattes, une aile brisée, il approche du parc, magnifique, encore fier, la collerette baignée de sang, il crie sa haine, le bec grand ouvert et l'œil sulfureux.

Une seconde balle éclate.

Le vautour meurt sur l'instant, foudroyé.

Cette fois, Henri pose son arme. Il s'empare des derniers blocs de sel qui sont à casser. Pierre joue de la *tchirüla.* Zampa saute de joie après les jambes de son maître.

C'était un moment de la vie des bergers, vite oublié.

À la première détonation, le Dr Cambo s'est aussitôt retourné : il a vu l'oiseau se débattre, puis tomber comme une pierre. À la seconde détonation, il a repris sa route. Une route longue et difficile, la seule praticable, taillée à flanc de montagne, dans le roc, dont les rudes hivers condamnent toujours l'accès. Mais, aujourd'hui, le soleil est de plomb, c'est mauvais signe, la saison est à peine avancée, il faudrait plus de modération. Le docteur a ôté sa veste, il tient son chapeau d'une main et de l'autre sa mallette et sa canne. Son visage est luisant, sa nuque chaude. Pas une ombre avant le village, pas un arbre, pas une cahute, rien que l'herbe embaumée, vert pâle, de l'herbe qui vient au monde et vibre.

« Ils l'ont bien eu, n'est-ce pas ? fait une voix rauque.

– Ils l'ont bien eu, oui », répond Cambo.

L'homme qui lui parle a pour nom Barbazan – Guillaume Barbazan. Il habite à Lescun.

« Qu'est-ce qui vous fait aller si bon chemin, docteur ? Encore un qui croupit dans un coin ! Ou votre vieille amie, la Célestine ? »

Ils poursuivent la route, côte à côte, sans se presser. Ils bavardent de choses et d'autres. De la famille Barbazan surtout. Du vieux qui perd un chicot pour chaque morceau de viande qu'il avale. De la mère qui ne bouge plus guère : quatre-vingt-huit ans. Un bel âge ! S'il n'y avait ce fémur qui menace de la lâcher à tout bout de champ ! Du frère, de plus en plus taciturne, dont le cerveau est fêlé depuis la guerre, et qui n'a plus qu'une idée : se coucher tôt le soir, sa grosse hache entre les bras.

« Une nouvelle peur, fait Guillaume. Il craint d'être tué. Il dit qu'on lui en veut, et il voit des hommes partout, autour de lui, menaçants et armés jusqu'aux dents, prêts à lui faire la peau.

– Quel âge ça lui fait ? demande Cambo.

– Dans les cinquante-cinq déjà. Mais encore capable, pourtant. Il vous fend le crâne d'un mouton d'un seul coup de poing. »

Sans parler des autres, ça n'en finirait plus.

« Vous venez d'Eygun ? s'inquiète Guillaume, soudain.

– Oui, répond Cambo.

– Tout droit d'Eygun ? », insiste Guillaume.

Fieffé bavard ! Cambo n'aime pas qu'on l'interroge. Pas plus qu'il n'aime les curieux.

« J'ai longé l'Aspe, dit-il.

– Par le grand trou d'eau ?

– Par le grand trou d'eau, c'est ça.

– Le trou du Francis, quoi ?

– Du Francis, oui », répète Cambo.

Guillaume Barbazan paraît satisfait des réponses du docteur. Alors, il se tait. C'est mieux ainsi. L'envie de poursuivre la conversation le démange – n'est-il pas béarnais, prompt au discours ? – mais il se rend compte qu'il vaut peut-être mieux en rester là. Il n'empêche. Il voudrait bien encore parler, car on parle ici dans une langue drue qui sonne clair, une langue courtoise, celle des amis. Cambo le sait. Et puis Guillaume Barbazan est un brave homme, curieux mais brave. Alors, d'un geste de la main et tout en avançant le menton, c'est comme s'il lui disait :

« Continuez…

– C'est bien ce que je pensais, déclare aussitôt Guillaume en prenant un air de discret triomphe.

– Ah ! fait le docteur. Et vous pensiez quoi ?

– Que c'était vous qui étiez au grand trou, le trou du Francis, quand je suis passé sur la route ; en allant à Urdos. Vous étiez assis…

– En effet, j'étais assis là, et alors ? », demande Cambo.

Un geste vague.

« C'est tout », dit Guillaume. Puis il interroge soudain : « Vous connaissez Antoine Balaïte ?

– Bien sûr, répond Cambo, qui ne le connaît pas ? Toujours aussi fou, lui aussi ?

– Il vient de partir.

– Partir ? s'étonne Cambo. Et pour où ?

– Juste là, devant nous, la fumée qui monte au-dessus des arbres.

– Du côté de Sébastien ?

– C'est ça, oui… Il paraît qu'il ne veut plus bouger de là. Les hommes le dégoûtent, c'est ce qu'il dit. La dernière fois que j'ai voulu aller le voir, tenez, c'était avant-hier, il m'a lancé des pruneaux, oui, trois coups de fusil.

– Et sa maison ? Celle de Lescun ?

– Abandonnée, docteur…

– Et le feu du Billare ? », demande Cambo.

Alors là, le Guillaume s'arrête, les poings sur les hanches.

« Vous y avez pensé vous aussi, fait-il. Normal ! Tout le monde dit que c'est lui. Moi, ça ne m'étonnerait guère. Mais pas de preuve. Et puis sans preuve, vous comprenez… »

Ils se remettent en marche. Le cirque est au complet, pas un pic n'y manque. Pas même le clocher de l'église, un clocher bien trapu, tout auréolé d'or. À cet endroit, la route se sépare en deux : le docteur va tout droit, Guillaume Barbazan part à gauche. Pas besoin d'adieu : ils se retrouveront ce soir, au café de la place. Sauf imprévu.

Dans le village, Cambo connaît tout le monde, du plus jeune au plus vieux, et tout le monde le connaît. Mais quand il arrive à cette heure, il est presque midi, personne ne le retient. Pas même le curé qui se contente d'un salut. Est-ce à dire pour autant qu'il n'y a plus de langues en France ? Non pas. Guillaume Barbazan le prouve. Alors le message passe de bouche à oreille. L'eau des sources murmure la nouvelle. Et avant même que la Célestine ne le voie apparaître sur le pas de sa porte, plus un chat n'ignore où il déjeune. Car il déjeune aujourd'hui chez Célestine Arbitous.

Comme on aimerait savoir ce qu'ils ont à se dire.

V

CÉLESTINE ARBITOUS : une femme qui n'a plus d'âge, un être menu, si frêle qu'on ose à peine y toucher de peur de le briser. Elle vit seule. Et depuis de longues années. Encore une, il est vrai, que la guerre n'a pas épargnée, mais qui, à force de travail et de bonne humeur, a su conserver une place au sein du village, que bon nombre lui envieraient si on était envieux. Mais rien n'est à craindre sur ce point : Lescun ignore tout de ces choses de la ville qu'on nomme péchés.

La Célestine est une institution.

Comme une partie du ciel qui aurait un jour décidé de s'installer ici, à vingt mètres de la mairie (tout à la fois perception et bureau de poste). Et pas n'importe laquelle des parties du ciel, cela s'entend, la plus étoilée, la plus brillante, un morceau de Voie lactée. Alors, selon les rites ancestraux qui voulaient qu'autrefois le ciel fût consulté, on consulte aujourd'hui la Célestine pour tout ce qui intéresse la vie du village.

À part ça, elle ne se distingue aucunement du commun des mortels. Elle vieillit tranquillement au coin du feu, sans rien demander à personne. Le matin, elle se lève tard. Le soir, elle se couche tôt. La journée s'écoule en jardinage, en lecture, en menus travaux. Le plus gros de son revenu lui est apporté par le troupeau, un bon nombre de têtes dont elle a confié la garde au fils Isturigues, l'aîné des Isturigues, celui qui a marié l'an passé Isabelle Aïnoha, de la branche mère des Aïnoha, ceux qui vivent au-dessus de l'église.

Telle est la vie sage et bien réglée de Célestine Arbitous.

Cambo frappe avant d'entrer. C'est toujours ainsi. Il tend l'oreille. Un léger froissement d'étoffe passe la porte, puis la Célestine apparaît sur le seuil, toute vêtue de noir, le visage éclairé par une joie qu'elle a peine à dissimuler.

« Mettez-vous à votre aise, dit-elle.

– J'ai surtout soif, répond Cambo tout en posant sa canne, sa mallette et son chapeau.

– Asseyez-vous, je vous apporte à boire. »

Elle s'empresse, tourne, vire, un tourbillon qu'elle essaye en vain de canaliser, elle chuchote des mots aigres-doux, s'en prenant à elle-même, tu es folle, elle se rabroue, le vertige, puis elle disparaît, le corps tout entier dans un placard.

La pièce n'a pas changé, songe le docteur. Les poutres collées au plafond, dont certaines partent en lambeaux. La grande table, devant la cheminée. Le feu qui craque. Et puis la huche pour serrer le pain, elle aussi de bois brun biseauté. Les chaises, le fauteuil réparé. Sur une table, dans un coin, près de la fenêtre, quatre portraits encadrés : celui d'Auguste, mort au début de la guerre, d'un mauvais coup de faux à la cuisse, c'était le plus âgé des enfants, celui de Martial le puîné, mort aussi, et plus à droite, à distance des deux autres, celui de Jean, déjà vieilli, le mari de Célestine, fusillé par on ne sait qui, pour on ne sait quoi, « les malheurs de la guerre », et puis celui du cadet, le jeune Francis, mort à dix-huit ans. Malheureux décor que celui qui vous tient à l'esprit les souffrances endurées.

Mais la Célestine est déjà de retour une bouteille à la main. Elle remplit un verre et le donne à Cambo.

« C'est du bon, dit-elle, vous pouvez y aller. »

Un mélange harmonieux de vin rouge et de vin blanc : le mesclet. Un breuvage dont on est friand, surtout le soir à la veillée, ou dans les réunions tardives des bistrots.

Cambo goûte, apprécie, avale d'un trait le contenu du verre.

« Encore un peu ? », demande Célestine.

Mais elle a déjà placé la bouteille au centre de la table.

« Non, merci », fait simplement Cambo, presque à regret.

Puis ils se mettent à table, l'un en face de l'autre, elle le dos au feu. Cambo prend la miche, fait une croix, coupe deux tranches ; il tend à la vieille une assiette posée près de lui. Elle le sert.

« Vous ne dites rien, observe Célestine.

– C'est que je n'ai rien à dire de spécial, répond Cambo.

– Quelque chose qui ne va pas, alors ? insiste Célestine. Vous paraissez rompu, mon ami, le travail ne vous vaut plus guère. Vous devriez tenir compte de votre âge, ou vous faire conduire jusqu'ici...

– C'est que j'ai mal dormi ces nuits dernières, avoue Cambo.

– Est-ce vraiment là tout votre souci ? »

Il se fait un silence.

« Hélas, non... », dit Cambo.

Et le repas se poursuit.

À présent, ils sont assis sur la terrasse, derrière la maison, l'un près de l'autre, comme bien souvent.

Sous leurs yeux, en premier plan, les toits du village se chevauchent et descendent en pente douce jusqu'aux prairies sauvages, déjà luisantes sous le soleil qui verse à l'ouest. Un peu plus loin, et jusqu'en bordure des pics, les champs se succèdent, tous bordés de haies vives, délimités parfois par une sente ou le cours bruyant d'une rivière ou d'un gave. Par endroits, la forêt est si dense qu'elle paraît une masse d'encre secrète, mais elle coule et s'effiloche bientôt, pénètre quelques prairies, puis disparaît. Et sur la gauche, enfin, deux taches mouvantes que séparent plusieurs centaines de mètres, mais qui, vues de la maison, paraissent si proches l'une de l'autre qu'elles se confondent par instants, pour mieux se désunir bientôt, sous la blancheur éclatante du soleil qui les darde.

« Le troupeau de Sébastien Itahoa, dit Cambo.

– Et celui d'Isturigues, ajoute Célestine.

– Des centaines de têtes…

– De la bonne race, oui, de la race la meilleure, marquée du V des Arbitous. Ah, mon ami, si vous saviez ce que je les aime, ces bêtes, et le souci que j'ai de les soigner bien.

– Je le sais », dit Cambo.

La Célestine prend à ce moment la main du docteur, son vieux regard s'anime d'une étrange façon, comme une fièvre soudaine qui s'empare d'elle, de son esprit, de son âme.

« Mais vous ne pouvez pas comprendre, dit-elle. Bien sûr, vous savez, mais vous n'imaginez pas, mon ami, à quel point mon cœur tremble, la nuit, quand je les sais seules, dans les estives…

– N'y a-t-il pas un berger ?

– Bien sûr, mais pour autant de têtes ? Que pourrait-il, le malheureux, si l'affolement les prenait ? Vous savez ce que sont les moutons. Il suffit d'un rebond de sauterelle au milieu de l'herbage pour les apeurer tous. Et alors, c'est la débandade… »

Puis le silence s'établit à nouveau. Un silence qui se veut de connivence, où chacun songe à ce que l'autre pense, comme un dialogue muet qui s'instaurerait de lui-même, par le contact étroit de deux mains qui ne se lâcheraient pas, de deux regards qui ne se quitteraient plus. « Ma vieille amie », se dit Cambo. Pour sûr, il la comprend, il la connaît si bien, depuis si longtemps, ils ont partagé tant d'émotions, de joies et de chagrins, mais n'est-il pas mieux de lui laisser croire le contraire ? N'est-ce pas là une preuve d'amour éternel ? La laisser vivre sa vie, lui procurer la force de vivre, et, ensuite, partir quelques jours avec la certitude ô combien sereine de savoir que l'absence confortable est une source de joie, et pour elle, et pour lui. « Brave docteur, doux ami », pense Célestine dont le regard se trouble, tout en serrant fort dans la sienne la main de son compagnon. Comme elle aimerait pouvoir lui avouer sa confiance et lui dire aujourd'hui :

« Restez, mon ami, restez une nuit ou deux, une chambre est prête qui vous attend depuis si longtemps... »

Peut-être accepterait-il. Elle ajouterait alors :

« Je vous promets, pour une fois, de ne penser à nul autre qu'à vous. Je vous saurais près de moi, la nuit s'écoulerait, douce, et j'oublierais les bêtes seules, perdues dans le noir... »

Et puis encore :

« Vous gagneriez en repos et en paix, en douceur... La solitude n'est plus bonne à nos âges, elle ronge nos vieux os... »

Mais elle ne dira rien. Rien de plus aujourd'hui qu'avant-hier. Sinon, il y a bon temps déjà qu'elle les aurait prononcés, ces mots qui lui étranglent la gorge. Car Célestine a de la fierté. Cette fierté, devenue sagesse ou pudeur, qu'elle avait lorsqu'elle était jeune : il ne lui appartient pas de faire le premier geste ; malgré les années, elle est femme encore, et elle entend le rester tant que le sang coulera dans ses veines.

Il est 3 heures.

Le soleil poursuit sa courbe. Un vent léger, venu de l'est, fait osciller les premières feuilles et trembler les fleurs roses des pêchers.

Un bout de ficelle plus léger que l'air se balance sur une branche.

Un duvet d'oiseau tourne et vire avant de toucher le sol.

La solitude pèse sur les épaules de Cambo comme jamais elle n'a pesé. La solitude et le tourment. Comme une voix de mort qui lui parlerait tout bas. Il a froid. Il serre la main de Célestine pour éviter qu'elle ne s'échappe, et il tourne son regard vers elle dont les paupières lourdes et creuses battent, puis il lui demande soudain :

« Parlez-moi de Francis. »

La Célestine se lève sur l'instant.

« Parlez-moi de Francis », répète Cambo d'une voix blanche.

Mais cette fois, pour Célestine Arbitous, c'en est trop. Le trouble l'emporte. Son émotion est vive. Elle s'en veut déjà d'avoir songé à l'amour. À son âge. Pauvre idiote.

« Je vous en prie, dit-elle, je vous en prie, partez…

– Parlez-moi de Francis », insiste Cambo.

Célestine se détourne, face au mur, les mains sur le visage.

« Vous n'auriez pas dû, fait-elle.

– Étais-je alors maître de moi ?

– Nous étions si heureux...

– Voici trente ans que tout est oublié par tous, sauf par vous, Célestine. Je ne voulais pas, je vous jure que je ne voulais pas, c'est une force qui m'a poussé, j'étais comme fou...

– Quel mal vous me faites », murmure Célestine simplement.

Puis elle ajoute, en s'éloignant :

« Je vous supplie de partir. »

Alors, Cambo s'en va. Il prend son chapeau, sa canne, sa mallette, il jette un dernier regard sur les quatre portraits : Auguste, Martial, Jean... Il s'arrête un instant, sa main tremble, il hésite, puis il glisse furtivement celui du jeune Francis dans l'une de ses poches, sans savoir que sa vieille amie, assise dans un coin, comme prostrée, n'a rien perdu de son geste.

Il est 4 heures.

Le soleil poursuit sa courbe. Le vent léger, venu de l'est, fait osciller les premières feuilles et tomber les pétales roses des fleurs de pêcher.

Un duvet d'oiseau tourne et vire avant de toucher le sol.

Mais le bout de ficelle qui, tout à l'heure, se balançait mollement accroché à une branche a disparu.

Ce sont là quelques heures passées au cirque de Lescun, par un après-midi de printemps.

VI

POUR LES DEUX FRÈRES ITAHOA, le problème est réglé. Mais ça n'a pas été sans mal, car il a fallu convaincre Pierre, et convaincre une tête aussi dure que la sienne n'est pas chose aisée. Le plus difficile pour Henri a été de lui faire admettre qu'il ne pouvait s'agir que d'un ami, le père étant le meilleur des hommes et ne comptant parmi son entourage actuel ou passé que des êtres chers à son cœur. En disant cela, sans doute pensait-il à Cambo, à Guillaume Barbazan, aux Isturigues, ou à d'autres encore, mais tous de braves gens qui ne veulent de mal à personne.

« Il n'empêche, a dit Pierre.

– Quoi donc ? a demandé Henri.

– Tu aurais pu m'en parler.

– Pas avant d'être certain, je ne pouvais pas... »

Car ce que Pierre ignore, ou ne veut pas admettre, c'est le lien qui les soude l'un à l'autre, plus qu'un amour fraternel, comme une profonde amitié, mêlée d'exaltation, née du sang qui coule dans leurs veines. Pour lui éviter tout tracas, Henri ne parle jamais à son jeune frère que des joies que lui apporte la vie : c'est l'unique partage qu'il conçoive. Les basses besognes sont pour lui, et pour lui la coupe du bois.

« Ça n'est pas pour toi, dit-il, tu dois avoir les mains blanches. Ce serait une pitié de te voir transpirer sous la charge. Et pour moi, tu le sais, un grand malheur… Tu peux croire en mon bonheur à t'entendre chanter… »

Il prend soin de son cadet, lui épargne la peine ; il le soigne comme une brebis soigne son petit, il le protège et tue lui-même les vautours.

« Je vais aller au village, dit Pierre.

– Ne crains-tu pas la fatigue ?

– En un quart d'heure, j'y serai…

– Et puis rentre vite, la soirée sera fraîche, il faudra du feu pour cette nuit… »

Pierre s'éloigne. Zampa le chien l'accompagne un moment, mais il revient bien vite vers le troupeau.

Henri se retrouve seul. Les bêtes d'Isturigues se sont rapprochées des siennes, mais il ne s'inquiète pas. Le berger est là pour les veiller. Le temps presse : encore deux arbres à abattre, qu'il débitera demain. Les deux beaux arbres qui sont là-bas, en bordure de forêt. Une heure pour chaque. Ou peut-être moins, car il se sent fort aujourd'hui. Il défait sa chemise, l'accroche sur le chariot, se détend les muscles des épaules, des muscles qui roulent sous la peau, puis il s'arme de la hache.

Pierre a déjà disparu derrière les premiers bosquets.

Mais la route qu'il suit n'est plus celle du village. Elle mène à une remise, cachée dans la forêt, connue des bûcherons. Quatre bouts de planche, un lit de sciure, quelques outils abandonnés, mais une bonne toiture qui protège des intempéries. Et cette route, il la connaît depuis huit mois, c'est-à-dire depuis le jour où il a rencontré pour la première fois la fille de Prisca.

Voilà pourquoi il désire tant aller à Lescun.

Sans rien dévoiler à son frère.

Pour y chercher les provisions du soir.

Et voilà pourquoi quand sonnent les 3 heures au clocher du village, il cesse de chanter : c'est qu'à cette heure son cœur bat plus fort.

Alors il marche, il marche de plus en plus vite, il traverse les prairies, foule les premières fleurs, pénètre dans la forêt, écrase la mousse qui sent la sève, écarte les branches, et puis arrive enfin, fatigué d'avoir tant couru, dans la clairière inondée de lumière, où déjà l'attend Julia.

Elle a trente ans, l'œil sombre et grand, les pommettes saillantes.

Ils se serrent l'un contre l'autre, ils s'enlacent.

Elle est plus petite que lui.

Son teint est pâle, mais si douce est sa peau.

Ils entrent dans la remise.

Leurs regards s'unissent sans qu'ils aient un mot à se dire.

Assis l'un près de l'autre, ils se regardent, se rapprochent doucement sans se quitter des yeux, comme en jouant, puis, au contact de leurs vêtements, ils se troublent en silence et se perdent bientôt.

Julia veut être certaine de leur secret.

« Henri ne sait rien, dit Pierre.

– Mais ne se doute-t-il pas ?

– Il ne sait rien, je t'assure qu'il ne sait rien… »

Tranquillisée, elle se blottit contre lui et pose sa joue dans l'échancrure de la chemise dont elle a ouvert le col.

Il est 5 heures, à peine davantage.

« Je dois aller à Lescun, dit Pierre.

– Est-ce là tout ? », fait Julia.

Elle le regarde, ses yeux sont tristes.

« Le père va mourir. Il faut que je rentre. »

Julia soupire :

« Je n'ai jamais connu le mien. »

Un sourire passe pourtant sur ses lèvres.

« Tu as le tracas par-dedans la tête, dit Pierre.

– C'est que j'ai trente ans aujourd'hui.

– N'as-tu pas aussi le bonheur ?

– J'ai le bonheur », dit Julia.

Mais elle est fine. Discrètement, elle s'est touché le front. Et elle a fermé les yeux. Parce que son bonheur, un petit rien qui lui pince le cœur, elle ne veut encore le partager avec personne. Et bien qu'il lui en coûte, le mieux qu'elle ait à faire dans ce cas, pense-t-elle, c'est encore de n'en point parler du tout. Pas même à Pierre. Des fois qu'il y ait misère. Sait-on jamais ? C'est pour cela qu'elle ferme les yeux, pour ne pas risquer de le perdre. Et qu'en silence, par moments, pour s'assurer que tout est en ordre, elle écoute à l'intérieur d'elle-même les bruits que fait son ventre. Des bruits sourds, inhabituels, qui ne ressemblent pas aux gargouillis qui font rire les gens quand l'estomac leur dit qu'il a faim. Des bruits qui n'appartiennent qu'à elle, qu'elle a perçus ces temps derniers, et qui, sans exagérer, ressemblent drôlement à la vie. Des bruits de poussin, c'est tout bête !

« Oui, répète Julia, un peu pour elle-même. J'ai le bonheur. Le bonheur d'être avec toi, mon Pierre. Seulement, tu pars si vite. »

Elle regarde le ciel, le cou tendu, la tête en arrière. La clairière est encore lumineuse. Comme si le jour accroché par lambeaux aux branches des arbres refusait sa place à la nuit.

« Mais il est temps de partir, tu dois me croire, dit Pierre. Si je pouvais… Nous serions si bien ici… Te respirer encore… »

La porte de la remise s'est refermée derrière eux.

Les oiseaux se sont tus en les voyant paraître, les feuilles des hêtres, encore pâlottes, ont soudain cessé de frémir.

« C'est vrai que tu as du tracas, fait Pierre tout en marchant. Je me rends bien compte que pour toi rien n'est simple. Me cacherais-tu quelque chose ? N'as-tu pas quelque chose à me dire ? Qu'est-ce qui te retient ? N'as-tu plus confiance en moi ? Une mauvaise nouvelle, peut-être ? »

Il a un sourire peiné. Il caresse Julia du bout des doigts, ses cheveux qu'il lisse tendrement, il prend une attitude qu'il voudrait sereine.

Il ajoute encore :

« Je vais te raccompagner jusqu'à la route de l'Aspe. Comme ça, ensuite, te sachant sur la bonne voie, je ne m'inquiéterai pas. Mais il faut vraiment que je sois de retour avant Henri. Je sais, il m'a dit qu'il voulait abattre deux arbres avant de prendre le chemin du retour, je devrais donc avoir tout le temps devant moi. Mais il est si robuste, le frangin ! »

Ils marchent côte à côte, l'un tenant le bras de l'autre, la tête de Julia appuyée sur l'épaule de Pierre.

Aujourd'hui, elle a trente ans.

Trente années derrière elle, il y a bien longtemps, c'était pendant cette fameuse guerre dont elle ne se souvient pas, ni de son père d'ailleurs qu'elle n'a connu qu'en image. Trente ans, songe-t-elle, et tout au fond d'elle-même toujours ce drôle de bonheur qui s'agite.

Quelque part, à l'insu de tous, une chouette dont le cœur battait encore a été clouée sur la porte d'une remise. Un gage de mauvais sort, dirait un chemineau crédule, pressé de s'éloigner.

VII

LE SOLEIL A DISPARU derrière le Billare. Une étoile brille, c'est l'étoile du Berger, la première au chevet des Pyrénées.

Pour Cambo, c'est l'heure de la détresse, celle où plus rien n'existe, où les ombres s'affolent. Il n'a jamais aimé la tombée du jour, et moins encore la nuit. Il a quitté les Arnaud, voici cinq minutes, et c'est vers le café qu'il se dirige. Les rues sont désertes. Un chien aboie sur son passage. Devant lui, le clocher de l'église, plus écrasé, qui se distingue à peine des montagnes qui le dominent. De part et d'autre de la ruelle qui monte jusqu'à la place, des maisons serrées les unes contre les autres. Quelques lumières passent les fenêtres, ici et là, comme des lucioles au milieu d'un champ vide. La vie, à cette heure, est tout à l'intérieur des demeures chaudes, au confort modeste.

Aucune rumeur ne traverse les murs du café. Cambo entre. La patronne, debout derrière le comptoir, le regarde venir et lui tend la main.

« Vous êtes le premier, fait-elle.

– Une fois n'est pas coutume », répond Cambo en la saluant.

Puis il demande :

« Un pichet de mesclet, comme d'usage… »

Il est moins goûteux que celui de Célestine Arbitous, mais il n'est pas mauvais pour autant. Il y en a bien qui le font avec des vins ordinaires, mais pas ici. Ils ne pourraient pas se le permettre. Le paysan a le nez trop fin. Et puis la patronne a sa religion : du franc et du bon !

Cambo s'assoit dans le coin sombre de la salle. Une pièce assez vaste pour contenir la trentaine d'habitués qui passent là les jours de fête. Il sort une pipe. La première de la journée. Il la bourre avec soin, prend garde de ne pas serrer le tabac plus qu'il ne convient, l'allume. Il tire quelques bouffées, lâche deux ou trois volutes, puis il vide un verre. Les minutes passent. Il est toujours seul. Il grommelle son impatience.

« Que font-ils donc ?

– C'est la reprise aux champs, dit la patronne qui connaît bien son monde. Ils ne vont plus tarder. »

Et le fait est qu'il n'y a pas longtemps à attendre pour en voir un, le père Isturigues, puis un second, Isturigues fils qui s'exclame en apercevant Cambo :

« Vous auriez pu me saluer ! dit-il en découvrant de belles dents. Vous ne m'avez donc pas vu, ce matin ? Je n'étais pas loin de vous, pourtant, quand vous alliez voir les Itahoa. »

Puis un troisième, le père Arnaud :

« Salut à tous ! »

Un quatrième bientôt, Guillaume Barbazan :

« Fidèle, docteur, toujours fidèle… »

Et ainsi de suite, mais rien que des hommes, les femmes restant à la ferme, pour veiller au feu, à la garbure[1] qui cuit depuis le matin, au pâté qu'on prépare ou au confit de cochon qu'on assaisonne.

Une épaisse fumée remplit bientôt la pièce, cependant que les verres de mesclet se vident à grands traits. On se raconte des histoires, celles de la journée, c'est l'heure aussi des tractations, une meule de foin pour trois moutons, mais, aujourd'hui, le vautour fauve est prince de soirée :

---

1. Soupe traditionnelle béarnaise à base de chou vert. Elle s'agrémente de nombreux légumes : haricots, fèves, navets, carottes, oignons, etc. ; et de viandes diverses : cuisse d'oie ou de canard confite, jarret de porc, manchon de jambon, et bien d'autres encore.

les uns disent trois mètres cinquante d'envergure, les autres parient pour un peu moins ; en tout cas, c'était un coup magistral, on ne pouvait pas faire mieux : il est tombé, splach, sur la pelouse, comme une grosse volaille, tué net le vautour. « Pensez-vous, il n'était que blessé, juste une aile brisée. » Il a fallu l'abattre au sol, et coriace l'animal, à trois reprises, la tête en éclats, il vivait encore. Un vrai maudit ! Des histoires de géants. Ils n'ont pourtant plus l'âge de fabuler, ils sont déjà grands tous ces vieux, mais sans imaginaire, quel intérêt donner à la vie ? C'est ainsi qu'après une pause plus ou moins longue qui permet au mesclet de rincer bien des gosiers s'échauffent les esprits et grandissent les corps. Les proportions perdent la mesure. Mais quelle importance ! Qui vérifiera ? Une chose encore qui ne viendrait à l'esprit d'aucun. Si fait que l'oiseau projetait sur les champs une ombre de quinze mètres, parfaitement, comme un nuage bien bas, bien pansu, pris au piège, ballotté de pic en pic, une masse énorme tombée du ciel, la terre en a tremblé, la malheureuse, tenez, c'était comme à Arette voici dix ans, quinze ans, on ne sait plus, peu importe, le village était rasé, la montagne s'était fendue en crevasses, ils y étaient tous ou presque, pas un seul au vrai, mais la vérité est parfois si peu intéressante… Oui, Arette, un tremblement de terre, tout est neuf à présent, il faut voir l'église, du béton, une pitié. Eh bien ! l'oiseau, c'était comme ça : du béton ! Sa tête, du béton ! Les balles ricochaient dessus avec une force telle qu'une brebis voisine en est morte, la pauvre. Une bête pourtant superbe, mais avec une balle dans le corps, en contrecoup du vautour, comment voulez-vous que ça vive ?

« Pas vrai, docteur ? fait Barbazan.

– Pour sûr, approuve Cambo.

– Même que nous l'avons vu, poursuit le Guillaume déjà pris par l'alcool, transpercé par le plomb, le sang dans l'air en a giclé comme une écume. Par mon ventre ! C'était du beau tir. L'animal est tombé comme une pierre et le sang plus léger, en poussière fine, est venu par la suite sur le col de l'oiseau, car c'est à la tête qu'il a été touché, et du premier coup. Je vous jure, à la tête, l'Henri vous le conterait mieux que nous puisque c'est lui qui a tiré... »

À tant d'évidence, le silence s'impose.

Mais il manque l'Henri, le héros de l'histoire, celui qui, la nuit durant, abat encore des arbres. Que dirait-il de tout ça ?

Pour Cambo, ce qui est sûr, c'est que le vautour est déjà oublié. Car c'est à la Célestine qu'il pense, tout en vidant ses verres, au mal qu'il lui a fait, ce midi, sans le vouloir, mais tout en le voulant.

Trop difficile à expliquer. Pourquoi ne pas le dire : il n'est pas dans sa peau, voilà tout, comme tous les soirs quand tombe le jour, mais plus que de coutume car depuis ce matin, sous son crâne, rien ne va plus comme il voudrait. Des idées lui trottent dans la tête. Le passé refait surface. Mieux encore, une voix intérieure lui encombre l'esprit… S'il n'y avait cette chanson des morts…

« Un vent qui vient de la tombe
Moissonne aussi les vivants… »

Pourtant il est calme, sûr de lui, aucune agitation extérieure ne le trouble. Il connaît trop la souffrance, celle des autres et la sienne, et depuis si longtemps qu'il en refuse le masque. Il s'est levé, a traversé la salle sans se soucier de personne, ni même de Barbazan, puis il s'est installé près du vieux Raoul. Raoul Bertram, un homme au cœur de pierre qu'il connaît de longue date, au regard aiguisé, aux mains sèches. De ses yeux profondément enfoncés ne jaillit aucune sensation humaine. Sa peau est grise, tannée par le froid, traversée de rides, et de son nez ne reste qu'un vieil os effilé.

« Bonsoir, docteur.

– Bonsoir », répond Cambo.

Ils se regardent longuement.

« Alors ? dit Bertram.

– Ce qui devait arriver est arrivé, répond Cambo. C'est fini, cette fois je me retire…

– Que s'est-il passé avec la Célestine ?

– Rien de bien grave…

– Mais encore ? Vous me devez la vérité, docteur. »

Le regard de Cambo se pose sur Raoul, et c'est comme une étrange lassitude qui se lit dans ses yeux. Il voudrait parler. Une force le retient. Il pose la main sur le bras de son compagnon.

« Serez-vous le seul à me parler de Francis ?

– Et que voulez-vous que je vous en dise ? répond Bertram avec un soupir. Tout ça, vous le savez bien, c'est du passé. Je ne me souviens plus de rien. Je suis comme les autres. À quoi sert-il d'ennuyer ainsi les gens ? Vous devriez rentrer chez vous, Cambo, vous reposer. La nuit est sage conseillère, et d'ici à demain peut-être que vous n'y penserez plus. »

Mais voici que la porte s'ouvre en bourrasque devant un homme atterré. Tous se retournent aussitôt vers lui, Fidèle Armango, qui semble avoir rencontré le diable sur sa route.

« Une bête ! crie-t-il. Une bête est sur le chemin ! Morte ! Le cou tranché ! »

Les hommes se lèvent, lentement d'abord, puis se précipitent.

« Où ça ? demandent-ils.

– Près de la fontaine, devant l'église. Le sang coule en rigoles.

– Une lanterne, vite ! », crie Barbazan.

Et la troupe s'ébranle, bientôt dégrisée, en ordre, bien rangée, car le calme est souverain dans les circonstances graves. La curiosité n'y est pas. Que le sens du devoir ou la crainte du démon.

Il n'y a pas long du café au lieu où gît la bête.

Les hommes y sont déjà, qui se penchent, examinent la blessure : faut-il être mauvais pour commettre un tel acte ! Tous se regardent, s'accusent, se disculpent. L'épouvante est dans l'œil de chacun.

« Il n'est pas parmi nous, celui qui a fait le coup, dit Guillaume Barbazan.

– Un vagabond ?

– Non pas, répond le Guillaume.

– Alors qui ?

– Pour l'heure, gronde la voix du Bertram qui arrive à son tour, il faut enlever la bête, y relever le marquage et voir de qui elle est. »

Mais à peine a-t-il achevé ces mots que sa femme, oui, sa propre femme, suivie de deux enfants, puis d'un chien, puis de gens dont on ne distingue pas les visages, arrive en hurlant de frayeur.

« C'est le feu ! hurle-t-elle. C'est le feu !

– Du calme ! », crie Bertram.

Mais sa femme s'effondre, s'écorche les genoux aux pavés de la route, supplie le ciel d'épargner le village, toute une pluie de mots, perdus de sens, mais qui secouent jusqu'au tréfonds les âmes des plus fiers.

Alors Bertram, au visage défait par les ombres, repousse les mains qui s'accrochent à lui, et demande à son fils, le plus grand des deux, où se situe exactement le feu.

« En face, répond-il. Vers la remise des bûcherons, de l'autre côté du gave.

– Chez Sébastien Itahoa ?

– Peut-être pas.

– Où alors ? insiste Bertram.

– En contrebas, dans la pinède. Le feu se propage vite, maintenant on le voit d'ici, à quelques pas, la fumée est épaisse. »

Tous se déplacent et vont au lieu indiqué.

« Le village ne court aucun danger, constate Bertram.

– Mais la montagne brûle, protestent les autres.

– Prenez des seaux, des bassines, des haches, tout ce qui vous tombera sous la main. Et venez tous à ma suite. Le feu doit être éteint. Épargnée la ferme d'Itahoa. La pinède, sauvée. »

Les hommes se dispersent.

« Toi, ma femme, reprend Bertram, regagne vite le logis. Vous, père Isturigues et deux autres, emmenez la bête à l'abri, où vous pourrez, nous verrons demain ce qu'il y a lieu d'en faire. Quant à vous, ami Cambo, rentrez chez vous aussi. Parce que c'est là-bas, dans votre cabinet, que nous aurons peut-être besoin de vos services. »

VIII

CAMBO LES LAISSE S'ÉLOIGNER, gagner le large, descendre le chemin, puis couper à travers champs : comme une ombre mouvante que deux lanternes éclairent. À la fourche des deux routes, il prend un moment celle qui le conduit à Eygun, puis d'Eygun celle qui le mène chez lui…

Vous êtes seul docteur, et comme il y a trente ans, le monde vous oublie. Il n'a plus besoin de votre aide : il vous montre la mort par le feu qui dévore, il vous entraîne malgré vous, sans que vous n'y puissiez rien. Tant va la vie, docteur… Comme elle est morne, la route, et si morne qu'elle ne se rappelle ni à vous ni à vos obsessions. Votre présence est pour elle le néant. Comme si le feu qui, ce soir, dévore la montagne vous rongeait vous aussi. Il vous transforme en fumée de braises mortes que chaque matin, d'un souffle de vent un peu fort, disperse un peu plus dans la nature… Si je vous disais, docteur, que vous n'êtes plus rien qu'un pantin de papier mâché, un Pinocchio de fortune qui aurait perdu ses couleurs, une figurine qu'on pose pour faire plaisir aux enfants sur un tablier de cheminée, puis qu'on casse un jour, par lassitude ou mégarde ? Eh bien, vous auriez tort de ne pas me croire, car si je vous parle encore c'est parce que je m'ennuie de vous, comme autrefois je m'ennuyais de vos absences, et que l'heure est proche où, abandonné par ce coin de Béarn, vous me retrouverez… Ici, on vous oublie, on vous efface, parce que vous êtes avec moi, parce que les souvenirs ressuscitent et qu'on n'aime pas toujours les souvenirs, parce que vous vivez à mes côtés, loin des autres et de ma mère, Célestine Arbitous, qui n'ont pas à connaître votre destin. Qui ne veulent surtout plus le connaître… Cambo, écoutez-moi, ce serait une erreur que de quitter maintenant votre habit de médecine. Gardez votre chapeau bien vissé sur la tête, portez votre mallette, et tenez ferme la canne jusque chez vous : c'est ainsi qu'on vous veut encore, pas autrement. Profitez-en tant qu'il est temps. Car, à Lescun, on n'a plus d'autre souhait que la science de votre âge. Docteur, gardez pour vous vos états d'âme ! Vos regrets ! Vos remords ! Ils n'intéressent plus que vous…

Sur la route, Cambo a rencontré un homme qui vit à Urdos, en lisière de forêt, et qui l'a ramené jusqu'à sa porte. Il l'a remercié d'un geste, puis il s'est enfermé, maladroit, comme pour laisser au-dehors la journée qui s'achève et n'en plus rien savoir.

Il a posé sa canne et sa mallette, accroché son chapeau.

Il a vidé ses poches, comme d'habitude, son portefeuille, son porte-cartes, la monnaie, sa pipe et son briquet, son tabac, son mouchoir et le portrait de Francis, tout en vrac sur la table de la salle à manger que recouvre une broderie, puis il a regardé sur son bloc ce qu'il y avait à faire le lendemain : il a rayé d'un coup de crayon la visite à Sébastien Itahoa, puis les autres visites qu'il avait pourtant programmées.

Sur le buffet, entre la pendule et la cafetière en étain, il y a le portrait de Francis, à dix ans, l'œil limpide et les cils recourbés, les cheveux courts, le nez parsemé de taches de son, le menton bien appuyé. C'est comme s'il désirait encore parler. Comme s'il venait de dire :

« Merci… »

Mais à qui dit-il merci ? À sa mère, à son père, à son frère aîné ? Au docteur qui regarde la photographie ? Quelle gentillesse et quelle pureté dans son regard et sur ses lèvres entrouvertes, pense Cambo.

Ou plutôt non, c'est :

« Viens », qu'il prononce.

Une invite à le suivre dans le monde ignoré des vivants.

J'avais dix ans – jour de mon anniversaire – et vous étiez assis à mon côté, comme le père et la mère, c'est que vous m'aviez sauvé – joie éternelle ! – mais pour mieux me perdre. Nous étions heureux tous, et mes frères qui dansaient comme des fous, et Prisca que j'aimais comme on aime une enfant de treize ans, déjà grande, qui me montrait ses cuisses et que j'avais envie de serrer fort contre moi... Je ne savais pas alors ce que c'était que l'amour véritable, je le pressentais seulement... À un moment, je me souviens, vous vous étiez retiré dans un coin de la salle, le plus sombre, comme tout à l'heure à Lescun, et faisiez semblant de discuter.

Pensiez-vous me tromper ?

Vous me disiez en silence :

« Viens, viens, laisse cette gamine, laisse-la... »

Quel œil, docteur, quelle sévérité dans votre regard !

Faisais-je mal ?

Pensiez-vous que je pusse vous oublier ?

Vous étiez jaloux, docteur, et d'une enfant : est-ce pour m'avoir sauvé que je devais maintenant vous appartenir ? Ne venais-je pas si souvent vous voir, que vous imaginiez Prisca m'arrachant à vous ? Vous m'appreniez le corps humain, celui des grenouilles et des souris, les plantes et les fleurs, les sonnailles des troupeaux, le langage des portes de nos maisons, en anse de panier ou en arc bombé, et celui des heurtoirs, enrichis d'anneaux, de pendentifs, de volutes ou d'étoiles, parfois de coquilles Saint-Jacques grossièrement martelées. Vous m'appreniez aussi la chanson des morts, cette chanson que nous récitions ensemble, devenue mienne et bientôt vôtre. Non, je ne vous appartenais pas, mais avec vous je me sentais si bien. J'aimais votre savoir et ce que vous m'appreniez ; tout le monde ici le savait, ma mère et mon père, et mes deux frères, et tous en étaient fiers. Et pourtant, docteur, vous étiez jaloux, jaloux de cette enfant qui ne me donnait rien de ce que vous m'apportiez, seulement son sourire, sa malice et ses jolis yeux. Pauvre Cambo, vous n'avez rien compris à la vie, à ma vie, à ce que fut Prisca, la méprisée par vous, mais plus tard si douce à mes doigts.

Je vous vois encore, au fond de la pièce, dans l'ombre la plus grise. Inlassable, vous répétiez tout bas :

« Viens, viens, laisse-la… »

Alors, pour moi, c'était soudain devenu un jeu. Je refusais d'entendre et vous enragiez de me voir tourner autour de Prisca. Je la prenais dans mes bras et nous imitions les grands qui dansaient deux par deux. Nous sautions et nous courions dans la pièce. Peut-être cela a-t-il duré dix minutes ou davantage, je ne sais plus, et puis brusquement je vous ai vu sortir.

Vous avez claqué la porte derrière vous.

Le jeu s'est arrêté.

Je suis resté seul, avec Prisca qui me disait :

« Danse encore, danse encore, Francis… Jouons encore », disait-elle.

Mais sa voix ne me parvenait plus.

« Danse encore… »

Alors, je suis sorti à mon tour. Il faisait nuit noire. Je vous ai longtemps cherché dans la cour et derrière la maison. Étiez-vous vraiment parti ? Puis, vous m'êtes apparu dans un rayon de lune, assis sur la margelle du puits, car nous étions encore à Eygun. Vous aviez la tête dans vos mains, et j'ai entendu que vous pleuriez.

Vous n'auriez jamais dû faire ça, docteur.

Mais Cambo sait-il au juste ce qu'il aurait dû faire ? Le saura-t-il jamais ? Il est assis dans son fauteuil, il songe à Sébastien Itahoa, à Célestine

Arbitous qu'il a tant aimée ou qu'il voudrait encore aimer, à Pierre et à Henri qui luttent certainement encore contre le feu, et puis à tous les autres, à leur silence, au respect que lui inspire leur silence.

Son cœur se met à battre plus fort : voilà qu'on s'agite à l'extérieur, que des voix se font entendre et qui s'enflent dans la nuit. La grille est ouverte. Le gravier de l'allée crisse sous les pas de deux hommes. Un silence. La sonnette retentit dans l'entrée, insistante. Cambo se lève et bourre sa pipe.

« Docteur Cambo ! »

Il ferme lentement sa blague à tabac. Il craque une allumette. Mais il n'ouvre pas la porte. Il attend.

« Docteur Cambo ! »

L'allumette tremble au bout de ses doigts.

Ils sont déjà loin d'Eygun, Cambo, le fils aîné des Itahoa et puis Fidèle Armango. Ils marchent au-dessus de l'Aspe, par l'étroit sentier qui traverse la forêt. Henri grogne tout seul, Fidèle Armango chante malgré lui, mais en silence, c'est un chant intérieur, le docteur est derrière eux, il traîne la jambe, c'est son âge, la fatigue le prend vite.

Ils n'ont posé aucune question, ni Henri ni Fidèle Armango.

Cambo n'a donc pas eu à se justifier.

C'est Henri le premier qui a pris la parole.

« Le père est bien mal, docteur. Tout me dit même qu'il serait mort. Je comprends pas, je comprends pas… »

Pas besoin d'expliquer davantage. Le docteur a pris sa mallette, sa canne et son chapeau, puis ils sont partis.

« Pierre est à la ferme ? demande Cambo.

– Il n'était pas rentré tout à l'heure », répond Henri sans se retourner.

Sa voix est sèche, cassante.

Arrive le terme du chemin. Le silence les accueille, un silence impressionnant, peuplé d'ombres. Ils traversent la cour. De l'eau gicle à un endroit. On entend un juron. Ils entrent bientôt. La pièce est sombre. Dans la cheminée, le bois craque, environné de courtes flammes.

Pierre les attend, debout, au pied du lit de Sébastien Itahoa.

Ou de ce qu'il reste de Sébastien Itahoa.

Car il est mort. Il suffit de le voir pour constater qu'il est mort. Il est assis sur son lit, la tête légèrement de côté, mais une tête bien épaisse, bien rouge, quelque chose de boursouflé dans les traits, des lèvres violettes qui dessinent un rictus, une souffrance, on ne sait plus quoi au juste.

« Il est mort », dit Cambo bêtement.

Mais il y a des moments où les choses, aussi bêtes qu'elles soient, ne se remarquent pas. Puis il ajoute :

« Il est mort, étranglé. »

Les deux frères se regardent.

Fidèle Armango regarde les deux frères.

« Par une fine cordelette ou un lacet », précise encore le docteur qui désigne du doigt quelques marques visibles.

À tant d'évidence, même au pays de Béarn et chez des gens heureux, on ne trouve rien à répondre.

« Une fine cordelette… »

D'un seul mouvement, les deux frères se jettent simplement sur leur père. Ils le prennent dans leurs bras, puis se regardent, incrédules. Comment a-t-il pu leur faire ça ? Partir ainsi sans les prévenir ? À les voir, on croirait qu'ils espèrent une réponse. Une explication, si courte qu'elle soit. Mais Sébastien est trop mort pour leur en dire davantage.

Cambo est dans la cour, sous le ciel étoilé que pas un nuage ne trouble. Il respire profondément. Comme au sortir d'un rêve, il respire à pleins poumons. À présent, rien n'est plus sûr, il ira droit sur la route, sans jamais se retourner, c'est en lui qu'il puisera l'énergie, et le cirque, témoin du drame qui se dénoue, se taira… Pourquoi il a tué ? Parce que les vrais desseins, ceux qui font les grands hommes, surpassent la vie… Il s'enfle les poumons, Cambo, parce qu'au prix de la mort il achète le silence… « Tout ce que j'ai fait, c'est pour toi que je l'ai fait… », disait-il à Francis, voici trente ans déjà, trente années de souvenirs entretenus à force de questions. Et c'est pour ça qu'il respire, parce que le Sébastien s'en est allé, avec lui son secret.

Deuxième partie

I

HUIT JOURS ONT PASSÉ.

Sébastien Itahoa repose maintenant dans le petit cimetière de Lescun, la face au soleil, tournée vers le sud. Il y a là un caveau vieux comme le monde, dont il avait fait remplacer la pierre, rongée par la mousse et les ans, par un marbre de Campan, après que son épouse était partie. Son nom à elle est gravé juste au-dessus du sien, en lettres bordeaux. Parce que les lettres dorées auraient coûté trop cher. Encore au-dessus, il y a les noms des parents de Sébastien. Et encore au-dessus, ceux des parents de son père.

Pendant ces jours, le Balaïte a tout de même été retenu pendant plus de quarante-huit heures par les autorités d'Oloron ; mais il a finalement été relâché, faute de preuves. Vu qu'il s'est retiré comme un sauvage, on l'aurait bien imaginé aussi comme incendiaire et assassin. On en aurait même été soulagé, selon ce que disent certains. Nul ne l'a revu depuis, et personne ne s'intéresse plus à son sort.

Dans le village, aujourd'hui, on fait comme si rien n'était arrivé ou presque : la vie a repris son cours, sa physionomie naturelle, le feu est éteint, chacun a pour ainsi dire oublié l'étrange mort du vieux Sébastien, de même que la bête égorgée dont le propriétaire n'était autre que Fidèle Armango, un jeune paysan venu d'Eygun. Et si parfois certaines rumeurs passent les portes, on a tôt fait de les étouffer : la justice et ses acolytes sont un mal qui se guérit comme les autres, répète Raoul Bertram, visant en cela les gendarmes qui voudraient bien voir déboucher leur enquête. Une vérité que Guillaume Barbazan prétend, à tort ou à raison, avoir été le premier à proclamer haut et fort. Ce qui donne aux gendarmes, évidemment, mais aussi aux enquêteurs qui traînent leur misère dans le secteur l'idée qu'ils ne tireront jamais rien des gens de ce sacré patelin, rien qui puisse les aider. Et pourtant ! Car il en faut souvent bien peu pour découvrir la vérité. S'ils insistaient, les gendarmes, et s'y prenaient surtout plus adroitement, il est probable qu'ils arriveraient à mieux la cerner, à mieux comprendre aussi ceux qu'ils interrogent, mais c'est à croire, se dit parfois la Célestine, qu'ils s'obstinent à vouloir se la cacher à eux-mêmes. Pourquoi questionner les enfants, les vieillards, les bergers, avec ce ton agressif ? Pourquoi interroger les femmes comme ils le font, en les accusant de cachottières, quand ce n'est pas de duplicité ? Alors qu'ils ont la montagne sous les yeux, la montagne qui détient tous les secrets de l'univers. Qu'ils interrogent plutôt son écriture, ils ne perdront pas leur temps et gagneront en estime. Car l'homme est ici inscrit dans la montagne : partie de la montagne, il émane d'elle, il est sa respiration, il est son âme, et pas seulement un homme comme les autres. Quelle force habite le berger si ce n'est celle du roc dont il tire sa toiture ? De quel pouvoir est armé le bûcheron ? Et comment tous ces êtres, hommes, femmes et enfants, ne seraient-ils pas les enfants des gorges, des vallées, des prairies et des pics ? Eux que les pics, les vallées et les gorges façonnent au gré des saisons depuis que le monde existe. Qui d'entre eux, l'hiver venu, tournerait le dos à la fureur du vent ?

« Ils finiront bien par s'en aller ! », a dit l'autre jour le père Isturigues.

C'était au bistrot, peu avant la fermeture.

Guillaume Barbazan l'a regardé, et il a regardé aussi les autres.

« Et bredouilles en plus ! », a-t-il confirmé d'un coup de poing sur la table.

Il espérait un éclat de rire général : il n'a pas été déçu.

Célestine Arbitous vit en recluse depuis huit jours. Elle n'ouvre sa porte à personne, reste des heures entières, assise devant la cheminée, à écouter craquer les bûches que les flammes dévorent. Ainsi s'écoule son temps. Les épaules couvertes d'une laine, elle se résigne au silence. Ne veut plus rien connaître du monde qu'elle n'a plus à fréquenter, qui ne pourrait plus rien lui apprendre. Elle contemple les flammes, tantôt légères qui tremblent comme les coquelicots au vent, tantôt massives et courtes, pareilles à des laves rouges. C'était ainsi voici trente ans, la famille silencieuse réunie autour du feu, les uns debout, les autres assis, tous vibrant du chœur des flammes et du craquement des bûches… Se peut-il qu'au-delà de la vie, dans le feu qui s'amenuise, viennent à paraître les disparus ? Et se fasse entendre à nouveau le son de leur voix ?

Célestine s'est endormie… Né de la fumée, Francis s'est levé et tous l'ont regardé, immobile dans la clarté du jour qui s'éloigne. N'en manque qu'un seul pour le voir : l'Auguste, mort voici trois ans, d'un mauvais coup de faux à la cuisse. Tous les autres y sont : le père encore vivant, le regard sombre, le Martial, la Célestine qui coud les culottes du père à la lueur de l'âtre et le Dr Cambo qui paraît attendre.

31 décembre 1942.

Jusqu'à ce moment, nul ne pensait à la guerre, elle paraissait lointaine, étrangère, comme d'une autre planète, et ne concernait pas les gens de Lescun qui, par nature, s'intéressent peu aux affaires d'autrui. Mais voici qu'autrui, à renfort d'armes et de munitions, de cadavres épars, couchés nus sur les routes, s'est annoncé comme la tempête.

Au début, cela fait tout juste un mois, on ne voulait pas y croire. Ç'avait été si vite que la réalité des choses ne tenait pas à l'esprit. Le ciel était de plomb, certes, mais le soleil passait encore les nuages. Et puis – se disait-on – la montagne ne permettrait pas si facilement qu'on la viole. Mais quand est venue la nouvelle, alors là les bras en sont tombés d'un coup. Quelle atrocité qu'un tel crime !

Au large de Tardets-Sorholus, à vol d'oiseau ça n'est pas bien éloigné, exactement entre Laguinge et Athérey, là où coule le Saison, c'est une vieille qui s'en allait au bois qui a découvert la mort au travers d'un sentier. On a dit tout d'abord qu'il s'agissait d'un jeune gars. Possible. Les cheveux étaient courts, mais les mains un peu trop longues et trop fines. Par le visage, difficile à saisir le sexe, la grimace étant à jamais gravée sur lui. Et puis après, car la vieille n'avait pas tout vu, on a compris qu'il s'agissait d'une fille. Il paraît qu'elle avait les seins coupés comme des rondelles et le ventre mangé par des brûlures. Mais fille ou garçon, le mal était le même.

À Tardets, comme on s'en doute, le sang n'a fait qu'un tour. Ce ne pouvait être qu'eux, ceux du Nord ou de l'Est, les auteurs d'un tel acte. La chose a été rondement commentée, sans compter les funérailles de la morte qui furent à l'image d'une émotion nouvelle : le dégoût.

31 décembre 1942, le souvenir en est encore tenace.

La nouvelle a passé les bois d'Harribelsette, ceux d'Anthole, d'Ibarre et de Suscousse, puis les bois de Pétraoube pour finir à Lescun. Mais ça n'était déjà plus seulement l'histoire d'une jeune morte qui sautait par-dessus les montagnes, non, bien plutôt celle d'un véritable massacre, d'une coulée de sang qui s'était enfilée dans le gave, puis du gave jusqu'à la mer. Et les hommes, ceux de Lescun, éloignés par nature de croire au malheur, ont bien été obligés d'admettre la réalité.

Alors, dans leur tête, ça s'est mis à bouillir. Après le dégoût, après la peur, à leur tour, comme la France entière, ils ont connu la haine. Et à leur tour, l'ardeur au cœur, ils se sont battus de leur mieux pour sauver la terre qui les avait vus naître. Ils ont porté la main sur autrui, l'ennemi comme il fallait dire à présent, pour le seul respect de leurs droits. C'est ce qu'on appelle encore la Résistance.

En ce jour, le 31 décembre 1942, cinq jeunes garçons et deux anciens ont déjà perdu leur sang pour que vive le pays :

Étienne Barbazan, 23 ans,
Mathieu Balaïte, 27 ans,
Martial Medous, 23 ans,
Bastien Garet, 28 ans,
Olivier Massat, 19 ans,
Edme Parempuyre, 52 ans,
Gastien Pragnères, 45 ans.

Ils ne savent pas encore qu'ils seront des héros. Pas plus qu'ils ne savent que trente ans après, à l'heure où certains auront des comptes à rendre, il ne restera plus rien, ni des Garet, ni des Massat, ni des Parempuyre, que trois fermes désolées, sans toiture ni fenêtres, des pans de mur à demi écroulés, rongés par le lierre. Trente ans plus tard, quand les morts parleront, et quand le nom de chacun d'entre eux aura été gravé sur une pierre, érigée dans chaque village, exprès pour qu'on ne les oublie pas, au milieu d'une place, près de la mairie ou non loin de l'église.

Mais ils n'en sont pas encore là.

Car il leur a fallu bien du talent, à tous ceux de Lescun, pour comprendre qu'ils n'étaient plus les autres, qu'ils ne représentaient plus dans leurs montagnes la vie paisible qui s'écoule tout au long des saisons, ils ne se connaissaient plus, ils se cherchaient, ils s'engageaient dans la lutte sans savoir exactement en quoi elle consistait, ni pourquoi elle existait.

Alors, et sans oser se le dire, ils ont imaginé que la morte, découverte sur la route entre Laguinge et Athérey, ils ont imaginé que cette fille au ventre mangé par des brûlures avait été tuée par quelque amant éconduit ou qu'elle s'était elle-même donné la mort, par excès de souffrance ou grande lâcheté. Et la montagne, pendant un temps, a résonné de cette folie, de cet espoir simple qui naissait de la pureté des êtres, oui, ç'avait été une belle histoire d'amour, une histoire qu'on aurait racontée avec de vrais mots, ceux de tous les jours, si la fin n'avait pas été si tragique.

Mais il a bientôt fallu se rappeler au sens des réalités.

Dans une camionnette, ils ont aussi ramené Olivier Massat, un jeune garçon de dix-neuf ans, mort depuis deux jours, dont le cadavre pourrissait au fond d'une *quelhà*[1] abandonnée.

C'était le 28 décembre 1942, voici déjà trois nuits.

Dans la pièce où repose Célestine Arbitous, les êtres d'il y a trente ans s'animent, qu'ils aient ou non disparu.

À l'arrivée de Cambo, le père remplit son verre en signe d'amitié et Martial se lève. Célestine Arbitous laisse choir son aiguille et pose près d'elle son ouvrage. Francis sort de l'ombre peu après.

Ils sont assis autour de la table. En grand silence. Le docteur, qui n'a alors que trente-six ans, avale bruyamment le mesclet. Ce qui fait sourire le Martial. Les bouteilles se vident. Ils ont le droit de boire aujourd'hui, car, demain, ce sera le nouvel an. Mais un nouvel an sans gaieté. Les morts sont dans la tombe. Les cœurs pèsent et mesurent la tristesse : ils savent que l'aube ne se lèvera que si l'un d'eux n'est plus là.

« J'ai à te parler », dit Cambo à Francis.

1. Abri de pierres sèches, occupé par les bergers pendant la transhumance estivale.

Le jeune homme, qui semblait attendre, se dresse et fait signe au docteur de le suivre jusque dans sa chambre. Ainsi à l'écart, ils peuvent s'entretenir de ce que les autres n'ont pas à connaître.

« C'est pour demain, annonce bientôt Cambo.

– Je peux partir dès à présent.

– Non, dit Cambo, c'est inutile, tu ne partiras pas avant minuit. Ça n'est que la reconnaissance du terrain, l'opération n'aura lieu que dans une huitaine, j'ignore encore la date exacte. Et puis je dois te faire part d'une décision que j'ai prise : le passage se fera de jour, peu après l'aube. »

Francis a un mouvement de recul.

« En plein jour ? Je croyais pourtant... », commence-t-il.

Il est tout pâle.

« La nuit, ce serait trop dangereux, poursuit Cambo. Le terrain n'est pas sûr, et la route difficile à reconnaître. Il faudrait compter sur une lune sans nuages. Mieux vaut ne pas y croire.

– Saurai-je au moins qui doit passer de l'autre côté ? »

Le docteur a posé la main sur l'épaule de Francis.

« Si je le sais, je te le dirai. Tu peux compter sur moi. Tu partiras à bicyclette jusqu'à la route d'Issor, Arette, Lannes. Arrivé à Montory, tu passeras par Haux, puis Athérey et Licq. À partir de là, tu longeras le gave de Larrau jusqu'à Laugibar où tu t'arrêteras. Tu verras, il y a une ferme juste avant le pont. Tu la contourneras et descendras jusqu'au gave. Tu mettras la bicyclette dans un fourré, puis tu regagneras la ferme : une porte sera ouverte. Tu entreras. À 6 heures, tu entendras du bruit. Prends garde de t'effrayer. Ce sera Raoul Bertram. Tu discuteras avec lui, mais pas trop, car les brumes se dissipent rapidement – elles vous seront précieuses durant les premières heures –, puis il te conduira jusqu'aux crevasses. »

Cambo prend Francis par le bras. Son regard est inquiet, il a si peur de le perdre. La porte de la chambre est fermée. Il veut encore parler. Tout dire. Mais dire quoi, au vrai ? Le sait-il seulement ? Alors il cherche des mots. Des mots qui révéleraient trop vite… Des mots qui lui échappent. Peut-être est-ce mieux ainsi. Le silence lui suffit. La fuite des regards ou les mains qui se posent. Le léger tremblement des lèvres. L'expression de son trouble. Ses sentiments exprimés.

« Au revoir, dit-il simplement.

– Au revoir, docteur », répond Francis.

Francis. Il est seul dans sa chambre. Il regarde sa montre : déjà 21 heures. Alors il range ses affaires, comme ça, sans y songer vraiment. La poussière sur la cheminée. Le couvre-lit dont il efface les plis. La chaise qu'il remet à sa place, dans un coin, près de la fenêtre. Puis les doubles rideaux... Il s'arrête un instant, il médite. Dans la grande salle, Célestine Arbitous a repris son ouvrage... Mais il ne lui dira rien, elle ne voudrait pas y croire... Ses vêtements dans l'armoire, ses chemises empilées qui sentent bon le foin, repassées par la mère, ses chaussettes de laine encore grasse et dont l'odeur est chaude, qui lui couvrent les mollets. Leur dira-t-il adieu ? Adieu à ses chaussettes, au père, à Célestine ? Adieu à Martial ? À tous ceux qu'il a connus comme s'il devait ne jamais les revoir ? À ses montagnes, adieu, à ses brebis, adieu... Adieu au village... Il étouffe soudain de ne pouvoir leur parler, de n'être compris par aucun de ceux qu'il aime, sauf Cambo, son ami vrai, celui qui croit en lui, lui accorde sa confiance. « Tu feras de grandes choses, Francis », lui a promis un jour le docteur. Et Francis a grandi dans l'assurance d'être un jour un homme dont on parlerait. Quoi de plus naturel. Et dont la légende sauterait les siècles. « Tu passeras par Haux, puis Athérey et Licq... » Pour sûr, j'y passerai ! claironne-t-il en fermant les portes de l'armoire d'un geste vigoureux. Et puis je reviendrai pour vous, docteur, et pour Prisca, ma silencieuse, qui m'attend à Bedous.

« Qui m'attend à Bedous... »

Cette nuit, il le sait, cette nuit ne sera une nuit comme les autres ni pour lui ni pour personne.

Il n'en faut pas davantage pour prendre une décision : c'est tout de suite qu'il doit partir. Deux heures, rien que deux à trois heures dans les bras de Prisca. Pour lui apprendre à connaître Cambo, c'est très important, lui dire tout ce qu'il a sur le cœur, lui expliquer sa peine et le regard de Cambo, la douleur qui pendant un instant a marqué son visage.

Il dégringole l'escalier, et dit au revoir à tous, il se vêt chaudement tout en les saluant de joyeuse façon, puis il ouvre la porte de la maison. Le froid s'y engouffre aussitôt. Célestine Arbitous se pelotonne alors au coin du feu, les épaules recouvertes d'un châle. C'est drôle comme elle a vieilli d'un coup. Une idée qui lui passe par la tête, frénétique. Sa mère est une vieille femme ! Il se tient un instant sur le seuil, puis il crie :

« Bonne année ! »

Pourquoi n'en serait-il pas ainsi ?

C'est comme cela qu'on s'installe dans la guerre, tout aussi bêtement, parce qu'un homme qui vous a sauvé la vie quand vous aviez huit ans vous demande de partir.

La tendresse ne s'exprime pas avec des mots, le silence, rien que le silence, Cambo ne le sait-il pas ?

Francis enfourche sa bicyclette, mais avant de tourner le dos à la maison, pendant quelques secondes encore, il regarde la lumière qui filtre à travers les carreaux de la salle qu'il vient de quitter. Espère-t-il voir apparaître Martial ? Se dit-il que Célestine va se lever et ouvrir la porte ? Un geste auquel il serait sensible. Mais sait-il vraiment ce qu'il espère ? À présent, il pédale comme un fou, les mains fermement accrochées à son guidon. Le phare projette devant lui un faisceau lumineux de couleur jaune paille, presque blanc, lui proposant une route changeante, aux abords souvent incertains. La chaîne tressaute, elle cliquette dangereusement, risquant de sauter à chaque instant. À l'allure où il va, rien ne manque, ni les nids-de-poule ni les gravillons, pour qu'il finisse par atterrir dans la rocaille ou bien la tête la première dans quelque buisson d'épineux, ce qui serait un moindre mal. C'est arrivé à d'autres, mais il n'y pense pas. Il n'a pas encore l'âge pour ça. Ce qu'il veut, c'est arriver le plus vite possible à Bedous. Alors, il laisse le vent lui mordre les oreilles et le froid lui tirer les larmes. Un froid qui, ce soir, traverse sa canadienne comme jamais et lui transperce la peau de mille aiguilles acérées. Pourtant, ce qu'il ressent, ce n'est pas de la douleur. Cela ressemble plutôt à de l'ivresse. Une ivresse nouvelle, étrangère à l'alcool ou au tabac. Comme un air de fête qui lui trotterait dans la tête, où la vie et la mort se conjugueraient, sans que plus rien n'ait d'importance. Hormis le temps épaissi sous l'action du gel, qui se fige, ou que Francis inconsciemment rattrape, immobilise. Comme s'il appréhendait de voir s'enfuir le présent ou redoutait secrètement la dissolution de l'avenir qu'on lui a promis. Et puis, soudain, tout redevient calme. Voici l'Aspe, et le pont qui l'enjambe, et tout au-dessus, tandis que la vallée s'écarte bientôt devant la route, à l'infini, voici la voûte étoilée, ce soir aussi limpide que l'eau du gave, comme souvent en hiver quand il fait très froid. Alors, Francis se redresse, il ralentit et reprend son souffle. Bientôt, il passe Accous, village désert, village au seuil de l'année, mais qu'on dirait abandonné, tout vêtu de noir, au clocher noir, aussi noir que les recoins les plus sombres des venelles, empreint de tristesse ou de mélancolie sauvage. Combien de promesses encore ? D'incertitude ? Quelques fermes éparses, sans réel intérêt, que le faisceau balaie sans les voir, tout en suivant la route, presque par mégarde. Parce que le faisceau lumineux, comme celui qui le guide, se moque bien des fermes d'Accous, de son église, de tout ce qui concerne Accous. Il poursuit son voyage à travers la nuit, à coups de pédales, à renfort de muscles échauffés. Des muscles solides qui ont déjà dix-huit années derrière eux, et renflés juste au-dessus des genoux, là où l'effort les gonfle. Et puis c'est enfin Bedous où quelques jeunes gens ivres, ou tout simplement heureux, se dispersent en riant ou se plantent au pied d'un arbre pour pisser sur son tronc. Pourquoi en serait-il autrement ? Puisque même la lune ne trouve rien à redire.

C'est ainsi qu'est le rêve de Célestine Arbitous, pareil aux souvenirs, il trompe les mémoires, sagement fou et trompeur. Qu'ils pissent, ces jeunes hommes, si c'est là leur bonheur. Qu'ils en profitent tant que la guerre le leur permet encore. Qui sait ce que demain leur réserve ?

Francis contourne l'église de Bedous, les châtaigniers qui la cernent, et derrière elle, recouverte de nuit, la maison de Prisca s'inscrit comme une ombre blafarde : colombages et balcons, riches fenêtres à petits carreaux, porte massive et heurtoir de bronze vissé sur la porte, murs blanchis à la chaux, volets clos. Francis descend de bicyclette, il s'approche de la dernière fenêtre, au rez-de-chaussée, sur la droite, et frappe trois coups. Les volets s'ouvrent aussitôt, poussés par une main invisible. Ils s'ouvrent si vite que Francis en reste désarmé. Ce qui suit alors ne dure qu'un instant :

« Francis ? », demande une voix.

C'est la voix de la nuit, la voix la plus douce aux aveugles, celle du vent dans les combes.

« N'entre pas, murmure Prisca. Ils sont tous là, ils pourraient nous entendre.

– Quelques minutes seulement...

– Je t'en prie, maman peut entrer d'un instant à l'autre, le père est un peu ivre, c'est le réveillon, tu comprends...

– Laisse-moi te regarder. »

Mais c'est à peine s'il la devine, tout au plus imagine-t-il son visage, sa chevelure longue et défaite, son front qu'il aime à cacher sous sa main, et le velours de sa peau.

« C'est pour toi que je suis venu, dit-il.

– Je le sais, répond Prisca.

– Alors pourquoi ? Pourquoi refuses-tu ?

– Parce que mon père me gronderait et te chasserait. Tu n'es qu'un berger.

– Mais je suis riche, aussi ! »

Rire aigrelet.

« Mais berger, Francis, seulement berger ! »

La sécheresse de la voix, telle une bordée de pierres, reçue en pleine face.

« Est-ce ma faute ? Je voulais te voir. Une dernière fois. Je dois te dire, Prisca, j'ai une mission, c'est la guerre, je ne reviendrai peut-être pas. Laisse-moi te voir, t'approcher, t'embrasser encore… »

Mais dans l'ombre, la voix ferme de Prisca :

« Demain soir, il y a bal à Eygun. J'y serai. Je t'attendrai. Nous parlerons si tu veux bien. Au revoir. »

Les volets se sont doucement refermés, comme une tache d'encre au milieu du mur blanc.

Célestine Arbitous, trente ans après, endormie dans son fauteuil, les épaules couvertes d'une laine, petite vieille assise devant la cheminée. Les bûches craquent. Les flammes tremblent comme des coquelicots au vent. C'est déjà le milieu de la nuit. Minuit.

II

MINUIT PARTOUT AILLEURS.

Ils sont assis de part et d'autre de la table, le Balaïte et Cambo. Cambo qui verse le mesclet, et le Balaïte qui l'avale à grands traits, comme autrefois, comme il n'a jamais cessé de le faire, en claquant la langue.

« C'était l'année de la *facerie*[1], celle où j'ai livré ma génisse blanche aux pasteurs du Roncal. Le pays du jurement. Car je suis du Baretous, docteur, il ne faut pas oublier ça, du Baretous, natif d'Arette, au paysage mouvementé, ordonné en croupes larges et molles où croissent les chênes

1. *Convention très ancienne, pour l'usage de pâturages notamment, conclue entre deux communes limitrophes et voisines du Pays basque français et du Pays basque espagnol. Le Balaïte évoque ici le renouvellement de la facerie connue sous le nom de Tribut des trois vaches.*

et la fougère. On a le pied humide, là-bas, le pied lourd et crotté.

– C'est pour ça, Balaïte, que Lescun te déteste.

– Pour ça ou pour autre chose. Ou parce que je ne quitte jamais le béret, parce que je dors la tête couverte.

– Parce que tu es du Baretous.

– C'est-à-dire, d'ailleurs, pas vrai ? Bah, c'est ce qu'ils pensent, je le sais depuis toujours. Et alors ? Mais, crénom d'un chien, les bergers n'ont-ils pas le même feutre, et la même laine sur le dos, la culotte courte, les guêtres évasées ? Ils me prennent tous pour un fou parce que j'incendie leur forêt, pour un damné de Dieu parce que je me retire d'eux et que je cloue des chouettes partout où je vois le mal. Mais je ne suis pas fou, docteur, tu sais bien, toi, que je suis simple mais pas fou. »

Le Balaïte fait silence. Il tire une montre de son gousset. Il se ressent de la fatigue de ces derniers jours. Mais il fallait qu'il parle à quelqu'un, qu'il réveille les souvenirs, qu'il sache. Mais quoi, au juste, qu'il sache quoi ? C'est pour ça qu'il est ici, à Eygun, chez Cambo, parce que Cambo écoute le Balaïte, même quand le Balaïte n'a rien à dire.

« On est tous du même sang, docteur, du même sang, tu devrais le leur dire, ils t'écouteraient, toi. Pour sûr, ils accepteraient de t'entendre si tu leur disais que leur forêt, c'est aussi la mienne, que leurs chouettes sont les miennes, et que ça ne me fait pas toujours plaisir d'en sacrifier une ou deux, mais au lieu de ça tu te tais. C'est comme si tu avais peur. Peur d'eux et de la vieille qui les gouverne. La Célestine. Tu me laisses traîner en prison, comme un malpropre. Et tu ne lèves même pas le petit doigt. C'est plus toi, ça. Es-tu donc devenu si vieux ?

– Je ne sais pas, marmonne Cambo. Peut-être, oui. Peut-être as-tu raison. Est-ce que je suis vieux ? Je ne saurais pas dire. »

Le Balaïte l'écoute, le regard en dessous.

Il se donne des coups dans les mains.

« Je ne suis plus rien pour toi, c'est ça ? demande-t-il en ourlant curieusement les sourcils.

– Si, répond Cambo. Tu es l'âme noire. Ce n'est déjà pas si mal ? Qu'est-ce que tu voudrais être d'autre encore ?

– Rien ! dit le Balaïte. J'ai juré depuis trente ans de n'être rien d'autre. Puis il ajoute : mais tout de même... Je ne te comprends plus.

– Aurais-tu à regretter ? »

Le Balaïte éclate d'un rire sonore.

« Tudieu ! Si j'avais à regretter, ce serait d'avoir quitté le Baretous, mais pas d'être l'ami de Cambo. Tu le sais bien. »

Puis il se redresse et se penche soudain au-dessus de la table, jusqu'à renifler le verre du docteur.

« Écoute un peu, docteur, approche ton museau, je vais t'en apprendre une que tu n'attendais pas sitôt : fidèle à ma vieille promesse, j'ai le sentiment que tu as besoin de moi, aujourd'hui, cette nuit, maintenant, et que tu brûles de quelque chose. Tu peux baisser la tête et me jurer le contraire. Tu n'empêcheras pas le vieux berger que j'étais de connaître ses moutons. La mort du Sébastien te tourmente. Je comprends ça. Mais autant te le dire tout de suite, ou bien tu serais déçu, je n'y suis pour rien. Je l'aimais bien, l'Itahoa, mais pas assez pour le… couic ! Un autre, oui, toi peut-être, un jour ou jamais, qui pourrait le dire, mais pas Sébastien Itahoa. D'ailleurs, il allait passer, n'était donc point utile de le prendre… »

Il avale une gorgée de mesclet.

« Il est bon, grogne-t-il en se léchant les lèvres.

– C'est celui de Célestine, dit Cambo.

– Tu l'as donc revue ? demande Balaïte.

– Il m'en restait un peu. Non, je n'ai pas revu Célestine. Qu'est-ce que tu racontes là ?

– Et je parierais que tu ne t'ennuies plus d'elle. Dis, tu me prends pour un naïf ? Tout le monde t'a vu l'autre jour. Bougre, docteur, que le ciel t'emporte et me bénisse si jamais je te comprends ! »

Il donne un coup de poing sur la table. Les verres tremblent. Puis il se lève bientôt, et regarde droit devant lui : sur le buffet, près du mur, le portrait de Francis… Il s'en saisit.

« C'est nouveau ça ? », fait-il.

Puis il se rapproche.

« Tu ne réponds rien, docteur. Tu fais la mauvaise tête. Crois-tu donc être le seul à te faire du sang mauvais ? Va la réveiller, la Célestine. Tu sais quoi ? À cette heure-ci, elle rêve d'il y a trente ans. Va secouer le Bertram, il en est tout violet. La terre tremble sous nos pattes comme jadis à Arette, on est comme des chiens. C'est que la mort est trop lourde à nos épaules. On s'imagine la connaître parce que mille bêtes crèvent sous nos yeux. Parce que des loups rôdent encore dans nos prairies. Mais tout ça, c'est du vent. Il faut apprendre la mort, la vraie, pour supporter les souvenirs, pour vivre avec eux… C'est la nature qui apprend ça. »

Cambo demande au Balaïte de remettre le portrait à sa place.

« Célestine me l'a donné, dit-il.

– Ou tu le lui as chipé. Sébastien et Francis, tout ça c'est du pareil au même. Et Prisca, et les autres.

– Assieds-toi. »

Antoine Balaïte repose le portrait sur le buffet, puis il fait le tour de la table, lentement, et il s'assoit devant Cambo. Il se verse du mesclet, un verre bien plein. Il l'avale à grands traits. Il sort une nouvelle fois la montre de son gousset. Il regarde l'heure.

« C'est l'année de la facerie, commence-t-il, l'année 43, au 1er janvier, je m'en souviens comme d'hier à Oloron, quand ils m'ont foutu derrière leurs barreaux. Le jour de l'an. Un beau jour, pardieu, bien sec, aux monts enneigés qui luisent sous le soleil. De bon matin, je pars à Laugibar, avec Bertram, pour y retrouver le petit. C'est toi qui m'as demandé d'y aller, tu te rappelles, parce que j'avais déjà fait la route. Tu avais peur qu'il se perde… La ferme est sinistre. On ouvre la porte. J'entre le premier. Et qu'est-ce qu'on voit ? Un petit tas dans le fond de la pièce, recroquevillé, qui dort, mon Dieu, comme un ange. Il a beau visage, avec ses paupières closes, tu ne peux pas imaginer, dans l'ombre on lui voit des taches de rousseur sur le nez. Il a les mains blanches, il les a posées l'une sur l'autre pour se réchauffer la poitrine… Ça n'est plus le gamin du portrait, non, déjà un vrai bout d'homme, avec du poil sur les joues, et ça vous fend le cœur de le réveiller si tôt. Moi, je n'y arrive pas. Alors, Bertram s'y résigne : Francis, fait-il, c'est l'heure.

Voilà. C'est fait. Il nous salue d'un franc sourire : il a l'espoir dans les yeux et c'est comme si, en silence, par la seule expression de son regard, il nous disait : Venez… Un bon réveil, je te jure, qui nous laisse croire en la victoire… Je te fais souffrir, docteur ? »

Cambo hésite un moment.

« Non, fait-il. Mais pourquoi cette histoire ?

– Parce qu'elle te brûle le cœur… Parce qu'elle me fait du bien… Laisse-moi continuer : on évite le pont, des fois qu'on nous surveille, puis on prend le sentier, ou ce qu'il en reste, car il y a la neige. Plus haut, ce sera terrible. Mieux vaut ne pas y songer. Le principal est d'avancer, d'éviter les Allemands, il y en a, cachés un peu partout, un peu partout, c'est-à-dire là, dans la forêt, au-dessus de nos têtes et bientôt sous nos pieds. On n'a pas fait cinq cents mètres qu'on est déjà rompus, le Bertram surtout et moi qui n'en peux plus, mais le Francis, penses-tu, faut le voir galoper, c'est normal, il a du sang frais, un bon sommeil derrière lui, un vrai poulain. Alors ça me fait plaisir, à moi, d'être avec lui, de l'avoir pour compagnon, et puis plaisir pour toi, docteur, car je me dis que tu dois être fier de lui. Pour sûr, il mérite bien le compliment. Et pourtant, dans le coton du matin, c'est à peine si on y voit clair. Pour te dire, on n'y voit rien, mais on n'est plus sur terre.

Ici des étoiles d'eau qui pendent aux arbres. Là des brindilles qui miroitent comme du sucre, celui du boulanger dans les vitrines. Ça fait des lumières. Il y en a sous nos pieds, au-dessus de nos têtes. Des milliers de lumières, soulignées de sombre comme les yeux de nos femmes. Ce sont les arbres, ces grands diables qui nous effraient. J'ai rattrapé le Francis, déjà bien en avant, et laissé le Bertram en retrait, à cinq mètres derrière. Voilà qu'un peu plus je manque passer par-dessus la passerelle, l'élan, docteur, tu sais ce que c'est, tu avances et puis, crac ! le sol se dérobe, le vide, plus rien, le gave tout à coup si proche, trente mètres plus bas… Mais la main du Francis me retient par le bras, je fais un faux pas, je me rétablis sans savoir comme, je suis debout, muet, pâle, tenant à peine sur mes pattes : lui, il me regarde. Comme pour voir s'il doit ou non se séparer de moi. On croirait un chef, un meneur d'hommes. Alors, il hésite, il pèse les pour et les contre. Et puis le voilà qui me fait un sourire, sans mot dire, et qui reprend sa route. Tudieu, j'ai eu peur. Peur qu'il ne m'engueule. Il aurait eu raison. Mais au lieu de ça, rien, pas un mot, pas un reproche, et je me dis : Francis, tu es un homme. À ce moment-là, docteur, je comprends ta pensée, tes tracas, comme un coin de soucis qui s'en va : Prisca n'est pas pour lui. C'est toi qui m'as déjà parlé d'elle. Comme si ça me regardait, ces amourettes de jeunesse. Prisca est brave, je me dis, et bien née, mais crénom ! c'est mieux que ça qu'il lui faut. Bien mieux. Une fille de la ville. Une de Pau, par exemple. Une d'Orthez. Une d'Oloron. Mais pas de Bedous. Non, pas de Bedous. Pour lui, ce serait trop maigriot. »

Il y a un silence.

Le Balaïte regarde alors Cambo, mais il ne le voit pas. Ce qu'il voit, c'est son âme, c'est tout à l'intérieur de lui, bien au-delà du docteur et de sa bouffarde, une montagne, les crevasses d'Holçarté. Ce qu'il voit, c'est derrière Cambo, comme projetée sur un écran géant, la vie qui se déroule sous ses yeux, des mètres et des mètres de pellicule, un film long métrage, pareil à ceux dont on parle dans les journaux, sa vie, la vie des autres, un monde endormi, ancien, qui s'éveille, resurgit peu à peu, cruel, le néant qui revêt un habit soudain couleur de sang.

« Ce sont bientôt les estives, reprend-il, des lambeaux de forêt qui se perdent dans les roches, des herbes sèches, des fougères rousses qui nous passent les épaules, des chardons, et des plaques de neige qui filent en ruisselets sous le soleil blanc. Devant nous, le pont suspendu. Sous nos pieds, les crevasses, deux cents mètres, deux cent cinquante mètres de profondeur, étroites, grises, torturées, d'où s'échappent des vapeurs humides. Holçarté ! Le bout du monde, mais aussi, pour certains : la liberté. On aimerait bien admirer, avoir le temps. Mais pas question de traîner, tu imagines. Alors, Bertram nous quitte déjà, il redescend, se retourne juste une fois pour nous faire un signe, la bicyclette est en bas, dans un taillis, il sera de retour à Lescun avant midi. Mais pour nous, le Francis et moi, le plus dur reste à faire : rejoindre Sainte-Engrâce, son église, son cimetière, je connais tout ça par cœur, et, par en dessous, la ferme de Rabahaux. Cinq bonnes heures de marche. On y sera bientôt. Francis est toujours devant. C'est ainsi depuis le départ, je te l'ai déjà dit. Un grand silence nous enveloppe, un peu ouaté. Un silence que rien ne trouble, si ce n'est un oiseau qui s'envole de temps en temps, le froissement de ses ailes. Pas un mot. Pas un seul jusqu'au Grand Étroit. À un moment, l'idée me vient de passer par les gorges de Kakouetta. Elles sont profondes, elles aussi, mais moins tourmentées. On y serait sans doute plus à l'abri que maintenant. Mais Francis n'est pas de cet avis. Il ne me dit pas franchement que ce serait une sottise, il a tout de même de l'éducation, mais c'est tout comme. Alors, il poursuit par la forêt, toujours infatigable. Et nous voilà bientôt chez Rabahaux, devant une bonne table, une miche et des pâtés, des fromages et du vin. Francis me demande l'heure. C'est Rabahaux qui lui répond. Déjà ? fait-il dans une espèce de sursaut. Déjà 1 heure ? Puis il poursuit son repas, et boit sûrement plus que de coutume. Et moi, je le laisse faire, parce que j'ai l'impression que quelque chose lui est passé par la tête, qui l'a rendu soudain heureux. Et s'il est heureux, alors je suis heureux qu'il le soit. Ce soir je vais danser, dit-il enfin. Il a la bouche pleine. Ah ? je fais comme ça, machinalement. Et avec qui tu vas danser ? Quel imbécile ! Comme si ça me regardait. Mais Francis ne s'offusque pas de ma curiosité : Avec Prisca, la fille de Bedous, fait-il. Avec Prisca ? je lui dis. Oui, répond encore Francis, je vais danser avec Prisca. Puis il me demande, goguenard, le sourire au coin des yeux : Jaloux, Balaïte ? Alors moi, une bouffée de chaleur au visage, je lui réponds tout sec : Elle n'est point pour toi, mon gars. Mais lui, qui n'a pas saisi le sens de ce que je lui ai dit, de m'interrompre aussitôt, déjà honteux : Je sais, Balaïte, mais j'en serai digne un jour, tu verras. Je veux la gagner, et après la guerre, quand j'aurai des médailles, son père y voudra bien de moi. Il me reproche d'être berger. Mais je serai mieux que ça... Alors moi, comme le nigaud que je suis, je sursaute à mon tour : Mieux que ça, petit ? Mais tu es déjà trop bien pour elle !

Je suis indigné. Le rire me prend au nez. Ça me démange. Toi, mieux que ça ? Mais pour qui se prend-elle cette fille de Bedous ? Mieux que notre Francis ? Mais je ne peux pas retenir ma colère. C'est plus fort que moi, je frappe des poings sur la table et je vide les verres. Dis-lui au revoir ! que je crie. Parce que c'est elle qui n'est pas digne de toi. Elle ne pense qu'à se pavaner, n'est pas fille de maison, de maison propre, elle sent la poule, elle se parfume... Et puis je me tais. J'ai eu tort, je le sais bien, tout ça ne me regarde pas, mais j'ai commis le mal. Parce qu'il aime Prisca, docteur... Il fallait bien qu'il l'aime pour m'avoir dit tout ça... »

Nouveau silence.

Le Balaïte est sur le point de sortir sa montre encore une fois, mais son geste reste en suspens.

« Il est tard, Cambo, fait-il la voix soudain changée, je dois rentrer chez moi. On te haïra, comme on me hait, et alors ? Itahoa n'est pas mort pour rien, tu le sais mieux que moi, il fallait une fin, la voilà, cruelle, elle nous emporte tous. Tant va la vie, docteur... »

Cambo hoche pensivement la tête.

« Tu as sans doute raison, Balaïte. Tant va la vie... Il se sauve le monde, et n'a plus besoin de notre aide. Il nous montre la mort par le feu qui dévore, il nous entraîne à sa suite, malgré nous, et nous n'y pouvons rien. Il me semble avoir entendu cela quand la remise brûlait. Je ne sais plus de qui était la voix, mais peu importe. »

Cambo se lève.

Le Balaïte enfile sa fourrure de laine.

La porte s'ouvre sur la nuit.

Au loin la lueur tremblante de quelques lucioles, des fermes isolées, probablement, ou les réverbères dans les rues de Lescun.

« Regarde là-bas, dit le Balaïte en tendant le bras. J'avais deviné juste. Ils ne dorment pas. Ils dormiront de moins en moins. La Célestine. Le Bertram. Dis-moi qui, encore ? Ils se retournent dans leur lit, se ramassent les draps jusqu'au-dessus de la tignasse. Car ils se souviennent, et ça leur fait bougrement mal. Pourtant, me diras-tu le contraire, à nos âges, il est vite temps de se souvenir, des fois que la vie cesse d'un coup… »

Cambo hésite. Il hausse les épaules

« Sait-on jamais… Sommes-nous maîtres de notre destin, Balaïte, et de nos actes surtout ?

– Je n'en sais rien, docteur, je n'en sais rien du tout, mais s'ils pouvaient s'endormir ou seulement somnoler, tu ne peux pas imaginer comme ils seraient heureux. Ils n'ont pas une âme noire pour veiller sur eux, tous ceux-là qui s'ennuient. Ils n'ont pas la chance que tu as, docteur. Le Balaïte pour leur rendre la nuit plus douce… »

Sur quoi, Cambo reste seul un moment sur le seuil de sa porte.

« À demain, docteur ! entend-il.

– À demain ! »

Il ne la referme que lorsque les pas du Balaïte ne résonnent plus dans la rue, puis il monte se coucher.

III

VOILÀ TROIS HEURES que Raoul Bertram cherche en vain le sommeil. Il est dans la cour, assis sur le rebord d'une fenêtre. La tête en arrière, il se crève les yeux à dénombrer les étoiles. En fait, c'est plutôt la nuit qu'il déchiffre, les ombres de la nuit. Les pitons rocheux, tout alentour, plus noirs que la nuit, immobiles, comme des géants qui attendraient le jour pour se dégourdir du froid qui les encombre. Il y a le pic d'Anie, tout proche. Là-bas, au fond, ce doit être la Table des Trois Rois[1]. Et puis, dans le désordre : les aiguilles d'Ansabère, vêtues d'élégance, le pic Billare, le Dec de Lhurs et son lac, invisible d'ici mais qu'on

---

1. *Ou* Hiru Errage Mahaia *en basque, sommet le plus élevé de Navarre (2 421 m). Il doit son nom à sa localisation à la confluence des royaumes médiévaux de Navarre, d'Aragon et de France (Béarn).*

se représente aisément quand on est du coin. Les forêts en contrebas, quelques granges dans les pâtures. Et l'esprit des morts qui s'éveillent et battent au loin la farandole du diable.

Au-dessus de l'Aspe, une lanterne se balance au rythme d'un marcheur. La lueur est faiblarde. C'est le Balaïte qui rentre chez lui, songe Bertram, et je sais bien d'où il vient.

Raoul Bertram est de cette race d'homme qui ne déteste personne. Au contraire. Là-dessus, le Balaïte a tort. L'étranger qui traverse sa terre est toujours le bienvenu. Et le Balaïte est du nombre, il le sait bien, à qui Bertram n'a jamais refusé un moment de repos. Pour lui, le Balaïte est un fleuve. Tranquille aujourd'hui, mais déchaîné demain. C'est aussi ce qu'on dit de Bertram. Mais ça n'est pas le seul lien qui les unisse. Ils ont tous les deux la cervelle brouillée. Un même souvenir qui les habite. Comme un secret qui serait à eux deux, caché dans un grenier.

Il s'adosse au mur de la maison. Il enfonce profondément les mains dans les poches de sa veste. Les bras collés le long du corps. Qui font corps avec lui. Chair contre chair. Il croise les jambes. Il chante à voix basse :

« *Agneaux bouclés, pelouses blanches*
Verdeurs,
Vertiges bleus, cabane en planches
Hauteurs ![1] »

C'est qu'il faut bien de temps à autre jouer au berger. Poètes et bergers, gardez la nuit, les bêtes… Lui n'est ni berger ni poète. Il lève la tête jusqu'au-dessus des cimes. Il respire. L'air est transparent. Fluide. Il tourne la tête. Balaïte est rentré. Secret partagé. Trente ans déjà. C'était hier. Il se laisse glisser le long du mur, les jambes plient sous son poids, il s'assoit à nouveau, les genoux sous le menton, les bras en cercle autour des jambes. La porte claque. Il ne sait plus de qui lui vient la chanson.

Puis il parcourt du regard le village endormi, il observe longuement, longuement la maison de Célestine Arbitous. Elle non plus ne dort pas. Ni le Balaïte. Ni Cambo. Ni lui, Raoul Bertram, assis le dos contre le mur, les bras en cercle autour des jambes. Il pense à une vieille et mauvaise farce. Redevenue d'actualité. Un sujet dont plus

1. *Extrait de* Jean de Noarrieu, *roman en vers de Francis Jammes. Né en 1868 dans les Hautes-Pyrénées, Francis Jammes, poète et romancier, passa l'essentiel de sa vie dans le Béarn et le Pays basque. Il mourut à Hasparren en 1938.*

personne ici ne voulait parler. Qu'il était utile d'oublier. Il se souvient :

La réunion avait été prévue pour le 5. Mais l'après-midi du 1er, c'était pourtant le jour de l'an, le seul jour paisible qu'on s'octroyait dans l'année, Cambo est entré, tout essoufflé, tout pâle. Il arborait sa fameuse écharpe, bien enroulée autour du cou, avec un pan sur le devant qui lui tombait jusqu'à la ceinture et un autre derrière, tout aussi long. L'écharpe des grands moments, les plus graves, que tous lui connaissaient, avec des rayures de teintes différentes sur toute son étendue : le marron, le beige au-dessous du marron, puis une troisième rayure, blanche celle-ci, et les suivantes, selon la même alternance, marron, beige et blanche.

Cambo est donc entré, et il a aussitôt demandé après Raoul ; et Raoul qui était à la cave est entré à son tour. C'est pour ce soir, lui a dit Cambo. Ici ? a sursauté Raoul en posant ses bouteilles.

« Oui, chez vous ; au café ça n'est pas possible. »

Raoul a suffoqué :

« Mais, et les autres ? »

Cambo a haussé les épaules.

« Faut les prévenir, évidemment… »

Oui, c'était tout simple, c'était tout bête, il n'y avait qu'à les prévenir. On était le 1er janvier 43, mais ils viendraient tout de même. L'année de la facerie, comme aurait dit le Balaïte. À ce moment, Cambo était encore jeune et fringant, et il ne portait ni canne ni chapeau. Rien d'autre ne le distinguait que cette écharpe autour de son cou.

Alors, Raoul a répondu qu'il ferait son possible. Et, tout le jour, il a passé des heures à courir la campagne. De ferme en ferme. Jusqu'aux cabanes perdues dans la prairie. Et le soir, ils étaient tous présents.

Pas un ne manquait à l'appel du docteur. Ils étaient entrés dans la guerre avec autant d'aisance que s'ils s'étaient glissés dans leur lit. Comme ça. Sans réfléchir. Par simple habitude primitive ou discipline consentie. Ils avaient vu s'accroître la liste des disparus, déjà au nombre de sept. Ils en attendaient un autre, sans frayeur, sachant fort bien qu'après l'autre il y en aurait encore un autre, et ainsi de suite, mais à quoi aurait-il servi de lutter contre le destin ? Ainsi s'obstinaient-ils doucement, et acceptaient-ils sans faiblesse, un sourire béat au bord des lèvres, les ordres venus d'ailleurs et qui leur disaient : c'est pour demain, c'est pour ce soir. Il ne serait venu à l'idée d'aucun de se lamenter. De se lamenter... Sébastien Itahoa, le père Arnaud et celui d'Armango, Guillaume Barbazan, les frères

Aïnoha, le vieil Isturigues et les autres, ils étaient assis autour de la grande table. Cambo au centre, le visage illuminé. Un long silence. Dans les mains de chacun, il y avait comme une moiteur. Dans les mains de Bertram, une moiteur qu'il essuyait d'un geste furtif en se frottant les paumes. Il faisait chaud. La sueur coulait sur le front de Guillaume et de Sébastien qui tournaient le dos au feu. C'est pour cela que la sueur coulait sur leur front, parce qu'ils tournaient le dos à la cheminée, non à cause de la peur. Bertram se rappelle exactement ce détail. Autre détail : Francis n'était pas encore là. Il ne serait jamais là, ce soir.

« Tu es revenu tout seul ? », a demandé Cambo.

Balaïte a sursauté. Bêtement.

« Je te demande si tu es revenu seul, a insisté le docteur.

– Oui », a fait Balaïte

Il était humide, ce oui. Un peu honteux.

« Francis n'est donc pas ici ? »

Balaïte s'est excusé.

« Non, a-t-il répondu. Je ne pensais pas que sa présence, ce soir... Un soir de 1er janvier, il a le droit de danser... Et puis, il est si vaillant et si jeune. Il me semblait... Enfin, je ne sais pas... »

Puis il n'a plus rien dit et a regardé les autres, la sueur qui coulait dans les mains de Bertram, les poings serrés de Jean Arbitous, le père de Francis, qui n'osait pas quitter son verre des yeux. Un verre vide, transparent, dans le fond duquel, perdu dans sa rêverie, il lisait les veines en creux et bien cirées de la table. Un portrait de pureté. Tous avaient baissé la tête, comme lui, prenant chacun à son compte la faute du Balaïte, un péché d'ignorance. Et tous regardaient le fond de leur verre. Aussi lisse et régulier que leur vie. Ils n'avaient pas encore compris, malgré le nombre des morts, ce que signifiait la guerre, ni ce qu'elle imposait.

Le docteur prit à nouveau la parole. Sans colère. Mais le son de sa voix avait perdu la clarté. Ses phrases étaient hachées. Fortement ponctuées. Comme si l'envie l'avait pris d'en finir rapidement, lui qui par habitude tenait à s'expliquer sans jamais rien omettre, ni laisser dans l'ombre.

« Les trois qui suivront d'Azuns à Sainte-Engrâce seront Sébastien Itahoa, Raoul Bertram et Balaïte, les trois qui savent la montagne mieux que moi. Je partirai avec Francis vers le refuge du Labérouat où vous nous aurez devancés, puis de là nous suivrons la route jusqu'au Pas d'Azuns.

– Qui doit-on faire passer en Espagne ? demanda Sébastien.

– Je n'en sais rien encore, répondit Cambo. Et je crois que vous n'en saurez rien non plus. »

Le vent se lève. Il balaie la cour et soulève les feuilles entassées dans un coin. Bertram se redresse, les bras et les jambes engourdis par le froid. Il parcourt du regard le village. Les toitures qui brillent encore sous la lune. Il observe longuement la maison de Célestine Arbitous. Volets ouverts, lueur pâle dans la cuisine. Elle ne dort toujours pas. Ni Cambo. Ni Antoine Balaïte qui est pourtant rentré chez lui depuis un bon quart d'heure. Bertram ferme doucement la porte derrière lui, puis il va rejoindre sa femme qui l'attend… Elle ne sait pas, elle, et c'est pour ça qu'elle repose en souriant.

IV

À EYGUN, CE SOIR-LÀ, c'était la fête.

Parmi des tas de sciure, des tonneaux crevés, un capharnaüm de planches et de détritus, de bûches entassées, Francis dansait avec Prisca. Ils filaient en cadence d'un bout à l'autre de la salle, riant à gorge déployée, leurs jambes s'emmêlant au rythme de la musique, se démêlant, s'emmêlant encore, ils échangeaient des baisers. Des baisers que les vieilles, assises en rangs, contre le mur, faites belles, vêtues d'or et de rouge, commentaient au son du fluto quand le fluto jouait. Mais ce qu'elles ignoraient encore, les vieilles, et ne sauraient sans doute jamais, c'est ce que disaient les baisers, ce qu'ils exprimaient d'amour et de tendresse contenue : car Prisca, fille de Bedous et déjà femme, ne jouait plus comme autrefois la fillette ombrageuse ; elle avait aujourd'hui, au cœur de ses vingt et un ans, un secret bien caché dans son ventre, un secret qui vivait en elle et qu'elle n'osait avouer. Par excès d'amour. Non par honte. Et qu'elle n'avouerait que plus tard, quand l'heure serait venue, comme un cadeau longtemps caressé avant d'être offert : elle caressait les cheveux de Francis, et la nuque de Francis, elle caressait son ventre… Les vieilles ne le sauraient jamais… Est-ce donc qu'elle espérait un jour fuir Bedous et sa famille ? Bedous et sa vallée ? Pour vivre un jour à Lescun ? Pourquoi pas ? Ce n'était pas qu'elle fût rebelle à ses parents, mais elle ne supportait plus guère de devoir chasser Francis de chez elle quand ils étaient là. Parce que c'était avec lui qu'elle avait décidé de vivre. À cause de ses yeux et de sa bouche, de la douceur de sa peau et de son rire aussi. À cause de son âme qu'elle jugeait belle et grande. De sa franchise. De cette façon qu'il avait d'écouter et de comprendre les gens, les jeunes comme les anciens, et leur souffrance. Des raisons de l'aimer, pareilles à celles-ci, Prisca aurait encore pu en citer des milliers. Aussi, quand après une danse elle exprima le désir de sortir, et que Francis, las d'une aussi rude journée, la laissa seule dans le froid, elle eut un instant de faiblesse, et quelques larmes, malgré son bonheur, coulèrent sur sa joue.

Elle s'était assise sur un vieux banc, près de la porte du bal. Les pieds dans la souillure. Mais le nez dans les étoiles. Elle songeait à un avenir immobile, ancestral, connu de mille morts. Les sons aigrelets du fluto lui chatouillaient l'oreille. Par intervalles réguliers, le tambourin battait son ventre. Son enfant. Elle tourna la tête. Du côté de la lumière. Cambo la regardait. L'air sombre. La lèvre amère. Son éternel écharpe enroulée autour du cou. Toujours la même, avec des rayures de teintes différentes : le marron, le beige au-dessous du marron et pour finir le blanc. L'un des pans tombait sur sa poitrine, le second, ballotté par le vent, flottait derrière lui, par-dessus son épaule. Il s'approcha de Prisca, hésita un peu.

« Je descends de Lescun, dit-il. Francis est encore là ?

– Oui, il est là », répondit Prisca.

Le sommeil allait la surprendre, quand elle entendit Francis s'adresser à Cambo. Il lui parlait doucement. Sans dissimulation. Ne cherchant pas à convaincre. Il s'expliquait posément. Comme s'il eut voulu raisonner un malade. Ou développer une pensée. Les voix se rapprochèrent. Celle de Cambo était plus ferme, plus incisive. Francis le premier passa le seuil de la porte. Cambo était derrière lui, la tête basse. Son écharpe autour du cou. Les mains dans les poches de son manteau. Ils s'arrêtèrent, écoutèrent le silence. Un silence que seuls dérangeaient les musiciens du bal, car les bruits de la guerre n'avaient pas encore passé les rampes rocheuses.

« C'est une belle nuit, dit Francis.

– Il te faut du repos, fit Cambo, irrité par la présence de Prisca.

– J'ai plus de bonheur aujourd'hui que peut-être jamais… Vous devriez comprendre, docteur. Prisca n'est pas un mal pour moi, elle est ma vie, c'est pour elle que je veux me battre à vos côtés… »

Mais Cambo ne l'écoutait pas ; il s'éloignait déjà.

« Viens-tu ? », demanda-t-il impatient, sans cesser d'avancer.

Francis se tourna vers Prisca ; elle esquissa un sourire.

« Je vous ai entendus, fit-elle. Cours le rejoindre, il le faut. Je suis avec toi, tu ne crains rien. »

Il lui prit la main, il murmura :

« Je t'aime. »

Puis il s'élança pour rattraper Cambo.

Prisca rentra alors dans le bal et, tremblante, elle demanda à un voisin s'il pourrait la raccompagner jusqu'à Bedous.

Comme il était accoutumé, depuis de nombreuses années déjà, lorsque, au retour de Bedous, la nuit le saisissait à Eygun, Francis s'arrêta chez Cambo. Et il gagna tout de suite la chambre qui lui était réservée, au premier étage, où il s'enferma.

Cambo l'avait laissé monter, tout en songeant au lendemain, encore vague, mais qui se dessinait peu à peu sous l'emprise de la crainte et du désarroi. Le trouble en lui ne cessait de croître. Ainsi que la peur de commettre une faute. Ou qu'on ne lui prêtât de perverses intentions. Ce qui ne manquerait pas si l'impensable venait à se réaliser. Mais l'impensable, quel pourrait-il bien être ? Comment savoir ? Un moment, il songea à Prisca, mais en le regrettant aussitôt, parce qu'elle était insignifiante. Il allait et venait dans la pièce attenante à son cabinet, sans but, marchant au hasard, d'un mur à l'autre. De la cheminée à la porte qui donnait sur l'escalier. Pendant un instant, il se crut capable de parler à Francis. De lui parler ouvertement. De le raisonner à son tour. Ses sentiments, de les exprimer aussi clairement qu'il l'aurait souhaité. Avec exactitude et précision. À la recherche du juste mot. Bientôt, il se tint à la rampe. Il leva les yeux vers le palier et pressa du doigt le bouton de la minuterie. Des secondes s'écoulèrent encore. Avant de franchir les premières marches, il tentait de construire des phrases, des phrases qu'il n'aurait plus eu qu'à réciter une fois devant Francis. Mais, dans son esprit, il ne rencontrait que confusion. Et les battements de son cœur, au rythme incohérent, résonnaient si fort dans sa poitrine qu'il lui était impossible de se concentrer.

Combien de temps est-il resté derrière la porte de la chambre de Francis ? Un trait de lumière filtrait au niveau du plancher. Francis ne dormait pas. Sans doute s'était-il jeté sur le lit, sans même se déchausser.

Cambo a frappé.

« Tu n'as besoin de rien ? », a-t-il demandé.

Francis était torse nu. Les jambes allongées et la tête posée sur un oreiller, il regardait au plafond la peinture craquelée. Il fumait une cigarette. Il fumait toujours, le soir, avant d'éteindre la lumière.

« Feriez mieux d'entrer », lança-t-il.

Puis, se voulant plus aimable :

« Je n'ai besoin de rien, non.

– Et tu n'as rien non plus à me dire ? reprit aussitôt Cambo.

– Que voudriez-vous donc que je vous dise ? »

Le docteur ferma la porte derrière lui.

« Je l'ignore, fit Cambo. C'était une simple question. Comment s'est déroulée ta journée, par exemple ? Ton retour avec le Balaïte ? »

Francis était nerveux ; il écrasa sa cigarette dans le cendrier qu'il avait posé près de lui, sur le lit.

Cambo poursuivit :

« Je voulais te dire aussi... À propos de ta blessure, celle d'il y a dix ans, tu ne l'as pas ressentie aujourd'hui ?

– Elle s'est ouverte, fit simplement Francis. J'ai l'habitude. Elle ne s'est jamais complètement refermée, vous le savez bien. Mais elle ne me fait pas souffrir, c'est le principal.

– Montre-la tout de même, tu veux bien ?

– Je vous dis que ça n'est pas grave.

– Montre-la quand même, insista Cambo. Peut-être as-tu besoin de rester ici, au calme, comme autrefois. Je ne veux pas que tu risques ta vie…

– Ni moi que les autres risquent la leur à ma place.

– Ne dis pas de sottises ! Montre-moi ça tout de suite, on en a juste pour deux secondes. »

Francis se redressa, sauta du lit. Son visage se détendit bientôt, comme résigné. De ses lèvres naquit un sourire. Sans mot dire, il se débarrassa de ce qui lui restait de vêtements. Une fois nu, il s'allongea à nouveau, mais sur le côté droit, présentant son flanc gauche à Cambo et se confiant à lui, comme autrefois, quand il l'avait sauvé.

Alors, Cambo se rappela l'enfant de l'Aspe, l'enfant meurtri qu'il avait porté dans ses bras, la sensation qu'il avait éprouvée à ressentir sur sa poitrine les battements confus de son cœur. Avec des gestes tout aussi précis, il suivit du bout des doigts les contours de la plaie. Mais elle n'était plus la même. Du bas de la cuisse, elle filait en cicatrice jusqu'au haut de la hanche, puis elle s'ouvrait ensuite en déchirure étroite mais tout de même assez profonde dans le creux de la taille. Cambo observa que du sang s'était frayé un passage dans les replis de l'aine. Il retourna alors le gilet de corps de Francis, son caleçon. Tous les deux étaient tachés de sang.

« Tu as marché ainsi, sans rien dire ? fit Cambo. Et tu as aussi dansé toute la soirée ? Ce n'était pas raisonnable. »

Il jeta un drap sur Francis.

« Inutile de prendre froid. Attends-moi. Je vais chercher ce qu'il faut en bas pour nettoyer tout ça. »

Deux minutes plus tard, il était de retour.

Cambo murmura :

« Je te préserverai. Quoi que tu fasses, tu sais que je te préserverai… »

Puis il commença à s'affairer, disposant son nécessaire sur la table de chevet : ouate et gaze, sparadrap, alcool à 90°, ciseaux. Et ce faisant, il se rappelait les cahots de la route, les arbres frileux, serrés les uns contre les autres, le soleil, et le ciel en voile bleu jeté par-dessus les montagnes, il se rappelait la vie, sa folle espérance, l'une des rares joies de son existence, la plus folle, la confiance instinctive, le sourire de cet enfant qu'il avait tenu dans ses bras. C'était hier. C'était il y a dix ans. Trente ans déjà…

À ce moment, Francis se redressa, il se mit sur son coude et, dans sa main gauche, il prit la main du docteur, une main moite, un peu tremblante, qu'il détacha lentement de son corps.

« Vous devriez aller vous coucher », dit-il.

Cambo le regarda, il était pâle.

« Mais ta blessure, s'inquiéta-t-il.

– Je la panserai moi-même.

– Tu ne sauras pas, Francis, laisse-moi, c'est à moi de le faire…

– Vous n'êtes pas en état, docteur. Et puis, regardez, grâce à vous, j'ai tout ce dont j'ai besoin : le coton, le Mercurochrome et les ciseaux. Sans compter l'habitude. C'est si souvent qu'à ce même endroit, au moindre effort, la cicatrice s'entrouvre. »

Francis s'arrêta, se redressa un peu plus.

« Vous devriez aussi oublier ce que j'étais hier, reprit-il. Je veux vivre, docteur, vivre pleinement, sans plus rien vous devoir. Pour moi, c'est devenu trop dur. Je ne suis plus votre enfant, même si je vous aime encore… »

Alors, Cambo se leva, une étrange douleur au ventre. Parce que le monde chavirait autour de lui. Mais qu'y pouvait-il ? Doucement ballotté, il perdait son rêve. Comme un ballon qui se serait envolé soudain.

« Ce soir, pourtant… », balbutia-t-il.

Mais sa voix demeura suspendue.

« Je voulais que vous me voyiez ainsi une dernière fois, dit encore Francis. Que vous ne me perdiez pas dans vos souvenirs. Rien de plus.

– Comme autrefois, dans mes bras…

– Comme autrefois, oui, mais comme trop souvent aussi. Et comme il ne faudrait plus que cela se reproduise. »

Cambo se détourna. Le coup était rude. Mais le gamin avait raison. Il serra les poings, les frappa l'un contre l'autre. Il tendit la main vers la porte et l'ouvrit. Mais avant de sortir, il se retourna une dernière fois :

« Tout ce que j'ai fait, dit-il d'une voix qui lui parut étrangère, sais-tu au moins que c'est pour toi que je l'ai fait ?

– Je sais, répondit Francis, la mine désolée. Sans doute est-ce la raison pour laquelle, aujourd'hui, je n'ai pas vu l'ombre d'un Allemand en quinze heures de marche. Nous allions dans la montagne, le Balaïte et moi, pressés par le temps, muets de peur. Mais le véritable danger, où était-il ? Avions-nous vraiment la mort à nos trousses ? Nos traces dans la neige devaient-elles nous trahir ? Je ne vous demande pas de me répondre… »

Quelques secondes s'écoulèrent, pendant lesquelles il ne put détacher son regard de celui de Cambo.

« Je n'aimerais pas que vous me donniez raison », reprit-il

Puis il acheva :

« C'est pourquoi nous irons ensemble jusqu'au bout. Demain, si vous le désirez. Parce qu'il faut en finir avec les chimères. »

V

SANS CHAGRIN. COMME ÇA. Un beau matin, tout fout le camp. L'amour, l'amitié, comme le reste. Car il faut prendre conscience, à un moment ou à un autre, de la réalité des choses. Ou de leur vérité. Éloignée des rêves, elle tue l'imagination, la vérité. Francis s'était levé de bonne heure. Il s'était habillé en silence, était sorti sans faire de bruit. La rue était déserte et l'aube ne s'était pas encore montrée. Mais la voix humide de Prisca s'était rappelée à lui : « N'oublie pas ton bonnet... », disait-elle. Il en avait souri tout en marchant. Serré dans sa canadienne. Les mains gantées. Et le bonnet bien enfoncé sur la tête. Il s'était aussi rappelé ses paroles de la veille :

« Demain, si vous le désirez... »

Comme un refrain. Deux ou trois notes qui se répétaient à l'infini. Mais demain, n'était-ce pas déjà aujourd'hui ? Maintenant ou dans quelques heures ? Il allait, guidé par ses pas, droit devant lui, à l'opposé de sa route. Il ralentit devant une maison basse, située sur la droite. Une camionnette était stationnée près du portail. En bois, le portail. En pin clair du pays. Les volets clos. Jamais ouverts. La toiture à présent recouverte de mousse. Affaissée en plusieurs endroits. Un mur faisait enceinte, en belles pierres brunes, que le père Arbitous avait retapé à plusieurs reprises. Francis s'éloigna. Ne se retourna pas. Malgré le désir de s'y retrouver comme autrefois, lorsqu'il avait dix à douze ans, comme au jour de l'accident.

« Demain, si vous le désirez... »

Puis, au détour d'un coude que faisait la route, il entendit l'Aspe. Elle rugissait, vivante, et volait en éclats contre les roches. Galets balayés, drossés par le courant. Branches mortes. Francis passa le pont. Il hésita, regarda tout autour de lui. Sensation profonde. Senteurs vagues de la terre. Il contemplait le mystère à travers les nuages. La maison du docteur se perdait maintenant dans la brume. Et celle de son enfance, elle aussi, perdue dans la brume, disloquée. Il respira de grandes bouffées d'air humide. Ferma les paupières un instant. Esquissa un geste de la tête. Et il regarda la vallée prise encore de léthargie, qui s'étirerait au point du jour, dans quelques minutes.

Francis était anxieux, il avait hâte de voir briller les étoiles autour de lui, en cercle léger, comme à la veillée de Noël, quelques jours plus tôt, avaient brillé les flammes autour de la crèche.

Francis rêvait. Il songeait à Prisca, la fille de Bedous, à son désir de la posséder, de la prendre, de la ramener bientôt chez lui. Il pensait à Cambo, à cet amour insensé qu'il lui inspirait, qu'il aurait voulu protéger, retenir pour lui seul à l'abri des forêts. Il s'inventait un paysage encore dilué, des prairies inondées par-delà les montagnes où il aurait pu courir comme un fou. Puis l'idée lui vint tout à coup que Prisca se moquait peut-être de lui, que le docteur en faisait autant, et que tout ce qu'il vivait n'était peut-être que mensonge ou simple illusion. Et le cri rauque d'un oiseau nocturne lui parvint, comme pour mieux lui confirmer cette tragique vision qu'il avait des choses.

Enfin, le jour éclata sur les champs vides, l'herbe grise, les arbres qui brandissaient leurs bras dénudés, tandis que le gave de Lescun, au tracé tout juste perceptible, filait sa laine en douceur. Une laine sinueuse, souple au travers des haies, silencieuse au loin.

À la croisée des deux routes, Francis balança quelques instants, puis il se dirigea vers l'église. À l'aube de sa course, le soleil passait alors au-dessus du cirque. Les brumes se dissipaient en nappes. Les neiges, en larges étendues nacrées, brillaient. Pas âme qui vive à cette heure. Et c'était dommage. Parce que ce 2 janvier 1943 allait être une belle journée.

Francis poussa la porte de l'église. Les paumelles rouillées grincèrent, puis ce fut le silence marqué du seul bruit de ses pas sur les marches en bois qui donnaient accès au premier balcon. Il ne s'arrêta qu'un instant, jetant autour de lui un regard circulaire, machinal. Il gravit encore quelques marches. Passa le second balcon. S'arrêta pour la deuxième fois. Il y avait là, tout près de lui, quelques bancs poussiéreux. Au-dessus des bancs, une étroite fenêtre percée dans la toiture, non loin du clocher. Il l'ouvrit. Puis il passa la tête et posa bientôt les avant-bras sur le rebord en ardoise. Et ainsi, comme naguère dans l'ombre, lorsque l'ennui le prenait au milieu de la messe, ou dès le sermon achevé, il saisit d'un seul coup d'œil le village tout entier, ses toitures grises et luisantes de neige, la vallée du gave et le cirque dans son ensemble. Des corneilles volaient autour du clocher par groupes de deux ou trois. L'une d'elles se posa sur le toit. Elle avait l'œil rouge et qui clignait. Francis la suivit du regard, pendant quelques instants il pencha la tête, tantôt à droite, tantôt à gauche, à l'inverse de l'oiseau qui se tordait le cou, puis il eut un haussement des épaules. Une impression de lassitude. L'abandon s'inscrivit sur son front que deux rides profondes barraient. Non pas que la mort lui fît peur. Parce qu'elle serait sa gloire. Mais c'est qu'au terme de la vie il se reprochait peut-être de ne pas l'avoir assez goûtée.

Il dut attendre longtemps avant de parler à sa mère, que son père s'en fût allé jusqu'à Bedous et le Martial, là où l'on resserrait des bûches.

Dans sa tête tourne-roulait, sans savoir vraiment ce qu'il avait à dire, le désespoir achevé. Mille petites morts s'agitaient ainsi dans son crâne, puis se déversaient sur le sol en lait de brebis malade. Substance fluide et visqueuse, mêlée aux crottes rondes et sèches que sèment derrière eux les moutons. Elle les diluait et se teintait de soufre, coulait en nappe d'huile jusque dans la cour et s'insinuait adroitement, réfléchie qu'elle était et sage, autour des blocs de granit qui la recouvraient. L'esprit saisi par ce dispositif, Francis avait machinalement rongé l'ongle de son pouce droit, et, cet ongle, il le regardait maintenant, l'examinait avec une attention soutenue. Regard à la fois ému et désolé, penché sur la peau morte de ce doigt couronné qui le faisait penser à la couronne que Cambo lui avait promise, ainsi qu'aux médailles qui lui pendraient par-dessus la poitrine, de l'épaule à son ventre, serrées les unes contre les autres, se chevauchant telles les ardoises d'un toit, et si bien astiquées que le soleil au premier rayon du jour y verrait une offense. Ce qui ne ressemblait plus du tout à un désespoir, fût-il ou non achevé.

Le père, Jean Arbitous, passa devant sans le voir. Le dos rond, il avait l'air de quelqu'un qui se tourmente.

Puis Francis pensa qu'une fois la guerre terminée on ne lui reconnaîtrait ni courage ni bravoure, et qu'on se raillerait de lui, comme Cambo ou les autres. Et qu'il en mourrait peut-être. Si ce n'était déjà fait. Et qu'il lui faudrait alors pour les forcer, tous les autres, à croire en sa valeur, en ses exploits, qu'il se rompe les os, se détruise à demi. Non pas la simple cicatrice – n'en avait-il pas déjà une et de belle taille ? – qui s'ouvrait de temps à autre sous l'effort, mais cachée à l'ombre de son corps – à moins qu'il ne se montrât nu. Mais la formidable apparence d'un homme que la guerre a perdu. L'invalide cloué dans son fauteuil. La gueule cassée de 14-18, exposée en bord de route, les jours de fête, comme une borne kilométrique, médailles apparentes : car il leur faudrait bien alors admettre l'évidence. Puis il se vit tomber du haut des crevasses d'Holçarté, s'élancer du milieu de la passerelle et planer comme l'oiseau, les bras et les jambes écartés, et puis choisir l'idéal lieu de fracas : la roche épaisse, le lit défait du gave ou l'épieu aiguisé d'un arbre. Il vit son corps en mille éclats de sang, sa jambe droite en collier délicat autour de son cou, la gauche à vingt pas, comme un petit cadavre abandonné sous la lune. Puérilité de cours de récréation, mais les Allemands pourtant, même si on ne les voyait pas encore, ne se contentaient pas de sabres en bois.

Et le Martial s'en alla à son tour, droit et bien vaillant.

Alors, Francis a quitté son abri. Tout comme autrefois, comme hier, il s'est arrêté sous le hêtre, au centre de la cour. Ensuite est venue sa mère, la Célestine, toute raide et rugueuse, vêtue de noir, les pieds serrés dans des chaussettes épaisses et si hautes que la moitié des cuisses était prise. Elle avait le nez court et de petites dents posées sur la lèvre inférieure qu'elle mordillait. Elle portait à son bras un panier vide. Étaient-ce les œufs qu'elle allait chercher ? Ou bien le lapin dont elle ferait un civet ? Elle avançait à petits pas. Elle était vieille déjà.

« Où as-tu passé la nuit ? », demanda-t-elle instinctive, sans âcreté, comme si cela n'avait au fond aucune importance.

Francis s'approcha d'elle, il l'embrassa sur le front.

Elle continua :

« Le père s'est fait du sang, tu dois bien t'en douter, et le Martial aussi de ne pas te savoir avec nous pour le premier de l'an. »

Et elle poursuivit encore :

« Et la fille de Bedous, la Prisca ? Sais-tu qu'elle est venue ce matin, quand l'aube déchirait le cirque ? Tu ne l'as donc point vue ? Elle t'attend du côté de la remise où sont les bûches. Va la rejoindre, méchant bougre. Et puis dis-moi au revoir, ou adieu, tout encore ce que tu veux… »

Sur quoi elle se détourna, comme n'ayant rien d'autre à lui dire ; mais la tête inclinée vers le bas, elle marmotta :

« Tu es idiot, mon gamin… »

Ce qui signifiait que, selon elle, les jours à venir, tels qu'ils se laissaient accroire ces derniers temps, n'avaient plus guère de sens, et qu'à cause de ça, justement, elle craignait trop pour leur vie. Alors, Francis, sans s'en rendre compte, a murmuré pour lui seul :

« Bien sûr, tout ça est idiot… »

Parce que c'était l'évidence.

Puis il a traversé la cour, et il s'est mis à courir dans les rues de Lescun et sur la route au sol craquelé. Il a gagné les champs parcourus de ravines, il a foulé les hautes herbes et ainsi jusqu'au gave, foulard de soie, qu'il a traversé là où il est le plus étroit et tranquille, en sautant d'une pierre sur l'autre. La rive était en pente et les arbres au-dessus de sa tête en coulées de neige immobiles. Un moment, il s'est arrêté pour souffler un peu. Car l'air, bien trop vif en cette saison, lui arrachait la gorge et les poumons. Et puis, il y avait sa blessure, au niveau de la hanche, qui le tiraillait sans cesse, malgré ses dires. Il a longuement scruté la forêt, ses mystères enfouis, et, les mains en porte-voix, il a crié le nom de Prisca.

Elle était assise, Prisca, sur la croupe d'une roche, le front sur les genoux, les bras en rond. La porte de la remise battait derrière elle. Des hauteurs de forêt tombait un effet de glace. Humide était l'air. Le soleil par-dessus la mousse dissipait la rosée. À la voir ainsi, fragile sous le châle qui lui couvrait les épaules, on eût pu croire qu'elle sanglotait, et sanglotait ainsi depuis des heures, que la nuit était passée sur sa chevelure et puis le jour survenu. Aussi, Francis s'approcha d'elle sans froisser la mousse, ni rompre le cours des ombres. Doucement, il s'agenouilla auprès d'elle, il l'enveloppa de ses bras, de ses mains dont les doigts s'unirent en cinq anneaux de force. Il la baisa sur le dessus du crâne, là où les cheveux se séparaient en deux parties égales, l'une vers la droite, la seconde sur la gauche, et dessinaient une raie de peau tendre et tendue par-dessus l'os. Comme une peau de tambour. Il respira longtemps l'odeur de la nuit, le suint du poil coiffé, tout juste gras. Puis il força l'étreinte sous l'emprise du désir, et bientôt s'enleva par-delà le cirque, assis sur un nuage, près de Prisca qui bientôt leva la tête et posa sur lui le regard de l'amour. Grands yeux écarquillés et stupides. De grands yeux vides, pareils à des miroirs, qui se refermèrent aussitôt.

Elle voulut parler.

Mais Francis écrasa sur l'instant cette bouche entrouverte et protégea le silence, hormis le cri du vent. Cela dura longtemps. Leur haleine mêlée, comme une âme forte, s'échappait en bulle, en baudruche gonflée. Elle sentait bon, leur haleine, la révolution de leurs corps. Un instant qui dura si longtemps qu'ils en ouvrirent tout soudain de grands yeux étonnés, des yeux rieurs, sagement heureux, qui se plissèrent aux paupières. Ils ne s'aperçurent même pas qu'à ce moment une branche morte aux feuilles encore vertes les caressait l'un l'autre, au gré du vent qui l'agitait de bas en haut.

Francis se releva, il s'assit à côté de Prisca.

Il observa alors qu'elle avait une main posée sur son ventre.

« Je tiens un enfant de toi », dit-elle.

Mais lui ne sauta pas de joie, comme elle avait espéré.

Il écarquilla simplement les yeux :

« Un fils ?

– Ou une fille, répondit Prisca, narquoise. C'est sagesse que l'enfant soit de toi, fille ou garçon. »

Alors Francis se releva à nouveau, aussi vite qu'il s'était assis. Et les mains fourrées dans les poches, tandis que la nouvelle faisait difficilement son chemin dans sa tête, il s'est frappé les cuisses tout en jurant pour lui-même que le bonheur du monde, malgré ce qu'on en disait ces jours-ci, ne faisait pas si mal les choses.

« Un enfant ? » répéta-t-il.

Il se balançait maintenant de l'avant vers l'arrière, comme au 15 août annuel, au milieu de la foule, on était pourtant en hiver, et se déhanchait, la tête à la renverse, le visage épanoui, illuminé comme aux fêtes de Laruns, au milieu de la foule qui dansait en Ossau. Inconscient. Le nez dans l'éther. Les narines saillantes. Un fils ou une fille ! Et la guerre ? Mais, à présent, il s'en foutait bien. L'important : petit œuf irrigué dans un ventre de mère, ça valait bien une pirouette, un délire, un fandango dansé dans la cour, sous le grand chapiteau du hêtre. Un enfant, son enfant, pour un père idéal, bardé de cuir ou de métal, une cuvette en couvre-chef pour se parer des balles. Que craignait-il maintenant ? Il aurait des médailles, un fils ou une fille, un troupeau qui, au loin, sonnerait la chamaille des boucs enragés.

« Un enfant ! », cria-t-il.

Il écartait les bras pour embrasser le ciel. Et ses doigts écartés se brûlaient au soleil. Il devait vite apprendre la nouvelle à Cambo ; et Cambo, il en était sûr, serait heureux pour lui, heureux pour eux deux, Prisca et Francis. Et aussi à sa mère, la Célestine. N'était-ce pas elle qui lui avait dit où Prisca l'attendait ? N'était-ce pas elle qui lui avait dit de courir la rejoindre ?

« Oui, elle sera contente, elle aussi. »

Mais Prisca voulut le retenir.

« Mon Francis, ne dis rien encore, fit-elle. Ne dis rien à personne. J'ai si peur. Ne dis rien au docteur. Il ne m'aime pas… »

Francis l'interrompit :

« Ne crois pas cela, au contraire. Cambo s'imagine que tu t'amuses de moi, mais il n'a pas compris. Quand il saura que nous allons avoir un enfant, ma Prisca, tu verras comme il t'aimera. Et il nous aimera tous les deux, et bientôt tous les trois. »

Pourtant, Prisca ne voulait pas en démordre.

« Je t'en conjure, Francis. »

Elle s'arrêta, et reprit encore :

« N'en fais rien ! »

Mais lui, il refusait de l'écouter. C'était tellement inattendu, tellement magique. Tout à l'heure, il irait voir la Célestine, et la Célestine apprendrait la nouvelle à son père et aussi à Martial. Ensuite, pour éviter de faire jaser, on les marierait vite, tout le monde comprendrait ça, même les parents de Prisca.

« On leur expliquera, et puis après tu viendras habiter ici… »

Il la prit dans ses bras, la serra fort contre lui.

« On sera heureux », fit-il encore.

Mais à peine venait-il de prononcer ces dernières paroles qu'un silence écrasant s'abattit sur la remise. Il se redressa. Une écharpe volait alors à ses côtés. Elle était à rayures, et les rayures, de teintes différentes.

« Je descends de Lescun, dit le docteur. C'est ta mère qui m'a appris que tu étais ici. La route est tracée, nous n'avons plus qu'à la suivre.

– Bonjour docteur », fit Francis.

Prisca était déjà toute pâle.

Elle balbutia :

« Pourquoi me le prendre encore, docteur, pourquoi ? »

Mais Cambo l'ignora.

« Nous n'avons plus de temps à perdre », dit-il.

Alors, Francis baissa la tête.

On aurait cru qu'il avait honte.

« Je vous suis », finit-il par dire.

Des larmes coulaient maintenant sur les joues de Prisca.

« Je reviens vite, ne pleure pas… »

Elle fit oui de la tête, mais c'était un oui timide, un oui forcé auquel elle ne croyait plus.

Francis se tourna vers Cambo.

« Qui passons-nous en Espagne ?

– Tu le sais bien », fit Cambo qui déjà tournait les bottes.

Ensuite, ils s'éloignèrent, marchant l'un à côté de l'autre. Ils allèrent longuement à la vue de Prisca, jusqu'au gave qu'ils traversèrent en sautant de pierre en pierre, mais cette fois sans allégresse.

Puis ce fut une petite main ouverte au bout d'un bras tendu. Puis ce fut une voix toute menue qui chantait pour personne :

« N'oublie pas ton bonnet… N'oublie pas ton bonnet… »

VI

LE JOUR A PASSÉ. Et le soleil a versé derrière le Billare. Il a glacé d'orange les neiges du levant. Puis la nuit s'est installée, noyant de bleu la vallée d'Aspe et de silence le petit village abandonné par les hommes.

Vers 8 heures, la Célestine et le Martial ont approché la table de la cheminée. Elle s'est installée, le visage éclairé par les flammes, et lui leur a tourné le dos. Puis le père Arbitous est entré, chargé d'une flanquée de maïs et de haricots qu'il a jetée d'un coup sur la table. Avec méthode, Martial et Célestine ont séparé les haricots des têtes de maïs. Ces fameux haricots blancs[1], à la peau si délicate, qu'on récoltait en octobre entre

---

1. Coutume béarnaise qui veut que l'on fasse grimper les haricots sur des maïs, afin d'obtenir une graine blanche à peau très fine.

Oloron et Pau, en même temps qu'on coupait le maïs, enchevêtrés les uns dans les autres, presque inséparables, dont le père Isturigues, chaque année, faisait monter deux pleines charrettes jusqu'ici pour le plaisir de tout le monde. Mais surtout pour les haricots blancs, dont la garbure, la bonne, était déjà friande bien des siècles plus tôt. Les grains de maïs d'un côté, les haricots d'un autre, Martial et Célestine jetaient les restes de tiges et de feuilles séchées, sans oublier les rafles qu'ils ajouteraient au petit bois, le matin suivant, pour fouetter le feu, dans les paniers qu'on placerait ensuite derrière l'âtre. Vers les 9 heures, la Célestine, dont les paupières tiquaient depuis déjà un moment, est montée se coucher. Elle a bien dit quelque chose, peut-être bonsoir, mais c'était un feulement qui ne ressemblait à rien. Alors, le père Arbitous a haussé les épaules, sans lever le nez de son journal. Le Martial a remué les braises, il a placé une bûche par-dessus. À la tête de son père, le front marqué par les rides, il voyait bien que les nouvelles étaient mauvaises, mais il ne dit rien. Le bois s'est mis à craquer. Et Martial a repris son ouvrage. Et puis, soudain, son geste est demeuré en suspens, les coudes sur la table et les mains refermées sur une poignée de haricots.

« Tout est brume », soupira-t-il à défaut d'en pouvoir dire plus long.

Le père a levé les yeux, le regard marqué de rêves tristes.

« Moi non plus, je n'y comprends rien », a-t-il reconnu.

Tous les deux, ils se sont regardés longuement, longuement ils se sont parlé sans rien se dire, comme souvent, et la pièce fut bientôt pleine de ce qu'ils n'osaient pas s'avouer : qu'il était bon de vivre, bien caché sur la terre, à l'ombre des grands arbres et sous l'enchevêtrement du feuillage que traversait d'un coup d'aile le merle au bec jaune. Jusqu'à ce jour encore, ils avaient pu croire au naturel des choses, les choses, tout ce qui ourle la vie d'une inégale dentelle : la guerre, la Résistance, le jour et la nuit, et puis les morts dont on dressait la liste, tout ça c'était admis, sinon de cœur joyeux, admis d'évidence. C'est pourquoi ils s'étaient battus. Les manches retroussées et les yeux fixés sur l'infini du mal. Sentinelles, ils avaient monté la garde, conscients ou non de la lourde charge qui pesait sur leurs épaules. Le cirque, devenu refuge de l'espèce. Ultime retranchement. Lieu sacré, enclave de terre généreuse que protégeaient les roches hirsutes, disposées en enceinte. Ils s'étaient battus pour que vive la race. Ç'avait été très bien. Si bien même que l'habitude était venue de marcher à l'aveuglette, sans négliger pour autant le quotidien : la nourriture des bêtes, le bois à fendre, la coupe en automne des fougères rousses, les litières renouvelées chaque jour au coucher du soleil. Et si tout ça ne sentait pas très bon, ce qui était vrai du reste, car le cœur n'était plus le même, ça n'empêchait pas de vivre d'une certaine façon. Mais aujourd'hui, ce soir, le naturel avait fait sa valise, il était déjà ailleurs, sans eux. Et c'était cela qu'ils avaient du mal à comprendre.

« Francis ne m'a pas dit au revoir, remarqua Martial.

– Ni à moi », dit le père Arbitous.

Au même moment, du côté de la ferme de Sébastien Itahoa, bien au-delà du gave, la maman, allongée tout du long près de son fils, un beau gars de douze mois, l'Henri déjà vigoureux sur ses jambes, cherchait en vain le sommeil. Il riait, l'Henri, et pleurait tout à la fois, suçant son pouce.

Il réclamait :

« Papa... Papa... »

Et la maman, comme pour le rassurer, lui répondait :

« Demain... Demain, tu le verras... »

Dehors, dans la nuit désertée, des parfums d'une pureté virginale provenaient des profondeurs de la terre.

Tout de bon, ce fut un vent de folie qui passa sur le village le lendemain soir. Venu à grandes enjambées du bout des Pyrénées, il avala goulûment, avec un appétit vorace, les forêts, les prairies, le gave, et dans son empressement les hommes, ne laissant derrière lui qu'un désert calciné, sans espoir, et des cendres. La nouvelle fut terrible, et, comme un arbre foudroyé, le petit monde de Lescun demeura sans raison, ni temps. Du même coup, il conserva à jamais le souvenir immobile d'une vague, d'une tempête ou le son incommunicable, perdu au fond de l'âme, d'une tristesse infinie.

Trente ans après... À l'heure où les rêves s'unissent, où le sommeil résonne encore du tumulte de la nuit, la Célestine s'agite dans son fauteuil, elle croise frileusement le châle sur sa poitrine. Elle a froid du feu qui lui brûle les seins, et le Raoul Bertram, qui tout à l'heure versait des larmes aux étoiles pour leur avoir caché la vérité, frissonne lui aussi, baigné pourtant de la douce chaleur, de la tiédeur humide, mollement allongée de sa femme qui dort. Oui, la nouvelle avait été terrible, et effrayante la mort inopinée du Sébastien Itahoa, étranglé, lui que la mort veillait à coup sûr, par on ne sait quelle malice. Trente ans après, c'était encore trop tôt. Ou bien fallait-il qu'il meure d'ennui, celui-là qui les avait un jour pétrifiés pour un regard, pour un désir, une force puissante. Est-ce à dire vraiment qu'il craignait un oubli pour marquer ainsi d'une croix trente années révolues ? Ou bien tenait-il en sa vieille cervelle quelque secret si vieux, comme des caisses oubliées dans sa cave qui lui rappelaient… Mais quoi, au juste, sinon l'oubli… Le Balaïte sur le chemin du retour, la tête basse et si basse qu'il s'en écorchait le nez au passage des fougères, le pied lourd et si lourd de la neige qui clapotait entre cuir et chaussettes… C'est un mal de crâne qui lui barre le front, lui triture le sommeil… Et puis, Cambo, trente ans après, qui pleure dans son lit, la main droite étrangement crispée sur le portrait d'un enfant, les doigts écartelés, comme fascinés par le poignard qui menace ou deux balles qui éclatent. *« L'univers s'effondre, docteur, il se décompose, et vous restez seul avec vos morts, tous vos morts, sans savoir pourquoi vous êtes encore vivant… »*

À l'heure dite, ils ont quitté le travail, ils ont abandonné la garbure qui cuisait à feux doux, rangé la scie, la hache et la chèvre, ramassé dans un coin du bûcher le bois frais coupé. Puis ils se sont vêtus de beau, malgré la nuit qui les tiendrait dans l'ombre, comme pour un beau mariage. Par-dessus la bonnette blanche, les femmes ont cerclé leur visage d'un capulet gris, sagement croisé sur la poitrine. À la taille, elles ont noué le tablier de dentelle, et posé sur leurs épaules un châle. Les hommes ont revêtu le gilet, puis la veste, ils ont monté les guêtres jusqu'à mi-mollet, posé la cape sur leur dos, s'accompagnant d'un geste ample et circulaire, qui un chapeau de feutre, qui un béret sur la tête. Les portes se sont ensuite refermées derrière eux, puis un cordon de laine souple s'est formé en procession jusqu'au premier virage, peu avant la courbe du Lauga, non loin du chemin muletier qui conduit au Labérouat. Il y avait là le Barbazan et son deuxième frère, le cerveau fêlé, la Célestine, Jean Arbitous, le Martial aux mains moites, le père Isturigues encore point trop vieux, les Aïnoha au grand complet, ceux d'en bas comme ceux d'en haut, mais à l'écart les uns des autres à ne point se regarder, le père du Raoul. Il y avait le chagrin, et quelques cris. Il y avait les Garet, les Massat, les Parempuyre, les Medous qui, dans les mois d'avant, avaient connu la douleur du pauvre monde et la mort. Bien qu'ils fussent du pays et qu'on ne leur voulût aucune misère, on se serait bien passé d'eux. Car on les disait porte-mal ou mal-donneurs, ce qui était absurde, comme si c'était leur faute, à eux, que l'un des leurs soit sur la liste. Des sentiments graves qu'on tenait en silence, mais des sentiments qu'on tenait tout de même. Il y avait l'inquiétude, l'angoisse, le halo lumineux des lanternes tenues à bout de bras, l'imperceptible bruissement du Lauga qui coulait en contrebas, les odeurs intimes de la prairie. Il y avait ceux de Garcet et du Lhers que l'événement avait boutés hors de chez eux. Et des enfants, bouche bée, qui tremblaient de froid.

Par la suite, réunis tous en cercle au débouché du chemin, dans la lumière vacillante des flammes qu'ils se fatiguaient à maintenir le plus haut possible, ils ont tendu leurs yeux jusque dans la nuit la plus noire. Au-dessus d'eux, comme exprès ce soir-là, les nuages chargés de neige s'affaissaient lentement, dévorant le ciel et la lune, effaçant bientôt les abrupts rocheux pourtant si proches, et ces langues de forêt où, des mois plus tôt, ils aimaient encore se perdre. À un moment, issu du fond des gorges, un vent léger mais déjà piquant s'insinua dans la troupe, soulevant insidieusement la poussière, les jupes et les capulets. Les flammes des lanternes jouèrent alors un friselis délicat, s'accrochant à la mèche.

Et tous, ils comprirent alors que le retour de ceux qu'ils nommaient à part soi « les braves » ou « les courageux » ne tarderait plus. Une vieille abandonnée qui sentait la brebis se mordait les lèvres avec son reste de chicot. Un jeune gars se rongeait les ongles, le visage penché sur la lueur vacillante du flambeau que tenait une jeune femme, à côté de lui. Ils attendaient, immobiles. Les veines de leur cou saillaient, bleues sous la peau, et les corps tendus vers l'avant, obliques et roides, et muets, ne respiraient plus qu'à peine, de crainte de rater l'instant où l'on entendrait, au lointain, le premier bruit d'un pas ou le refrain assourdi d'une chanson. À les voir ainsi, muscles bandés, on aurait cru marcher dans une allée bordée de statues de pierre, assises, à genoux ou debout. Avec leur regard fixe, un regard inhumain de créatures antiques. Combien de temps encore leur faudrait-il patienter ? Combien de temps encore allaient-ils s'user à n'entendre que le claquement d'ailes des effraies qui passaient au-dessus d'eux, apeurées ? Cela devenait insoutenable. Surtout pour les plus vieux qui ne voulaient pas mourir dans ce froid et qui en avaient vu bien d'autres, nombre d'années plus tôt. De toute façon, pensaient-ils, et ils ne devaient pas être les seuls, quels risques avaient-ils courus tous ces braves ? Ils reviendraient tous, c'était obligé.

Alors, bientôt, ils commencèrent à se lorgner, aussi bien les jeunes que les vieux, et, lassés de moisir, ils se demandèrent s'ils ne feraient pas mieux de rentrer chez eux, bien au chaud.

Puis ce fut le trou dans la nuit, à l'instant où on s'y attendait le moins, le craquement des galoches, la respiration bruyante des hommes qui rentraient. D'un seul mouvement, les lanternes se sont bercées au-dessus du troupeau attentif, les mentons pointés, les nez bien en avant qui pénétraient l'air vif. Tous, ils ont écarquillé les prunelles pour mieux distinguer, et, bientôt, ils ont vu le premier sortir du tunnel, le bâton à la main, le visage noirci de barbe, les traits marqués : ils se sont écartés pour lui laisser passage. Et ce fut le tour du second, tout méconnaissable, tête basse, qu'on aurait dit péteux, pas très fier, un grand corps que les jambes portaient mal. Lui aussi, il est passé sans mot dire, c'est tout juste s'il a grogné. Les lanternes éclairaient sa route, et ça pesait bougrement, la lueur tremblante, sur ses épaules. Il en vint aussi un troisième, Cambo, les mains derrière le dos, l'écharpe autour du cou, plus alerte que les précédents, anachronique, plus fanfaron, mais c'était d'allure non de cœur. Bientôt un quatrième qui s'enfila comme les autres sous la voûte enflammée. Il n'était plus visible déjà, tant la nuit était comble, quand il se retourna, tout furieux, la gorge étranglée, pour leur crier dessus :

« Rentrez chez vous, *œilhes* ! »

« Brebis ! » Alors, ce fut la stupeur. Le vent de folie. La tempête. Le déferlement. Et sur le bord du chemin qui sentait l'herbe humide, ils ont eu le sentiment d'affreuse tristesse. Car ils avaient tous compris, les jeunes comme les vieux, ce que cela signifiait : l'un d'entre eux au moins n'en était pas revenu. Mais bien plutôt que de se lamenter, ils ont gardé ça, chacun pour soi, le chagrin et tout le reste. Parce que devant les gens, on se taisait. Il suffirait bien d'en parler plus tard, à la veillée, le carreau de dentelle sur les genoux, un verre de mesclet à la main. Alors le cercle s'est lentement égrappé. On a tourné les talons et soufflé les flambeaux. Et quand le dernier est apparu, rebouchant derrière lui le tunnel de la nuit, on a su enfin ce qu'on savait déjà et on n'en a même pas été surpris.

Ainsi, jusque trente ans après, les verrait-on assis en rond autour de la cheminée, à travailler comme des bêtes, à boire comme des bêtes, pour oublier le malheur qui étouffe.

Le village s'est replié sur lui même, comme pour un long exil. La Célestine a traqué le Balaïte jusque sous le hêtre, puis du hêtre à la cuisine. Ils se sont assis à la grande table, Jean Arbitous, le Balaïte et Martial à côté de son père. La Célestine a versé la garbure dans les assiettes, ça faisait des grands flocs, le liquide bouillant au contact de la langue, puis on a bien bu tout en mordant à belles dents le *coustou*[1] rôti à point. Ce mangeant, ils n'ont cessé de parler, le Balaïte surtout qui disait comme. Il inventait, cachait la vérité. La mort du Francis, c'était... bien difficile à exprimer, comment dire, tragique, ou mieux encore... À intervalles réguliers, au rythme lent de sa respiration ou de sa peine bravement contenue, la Célestine, toute raide et rugueuse, demandait en patois, tout crûment :

« *E tu, Balaïte, oun eros ?* »

Ou bien encore :

« *Balaïte, que heses ?* »

« Qu'est-ce que tu faisais ? » Il éludait habilement les questions, mettait l'accent sur la beauté du geste ; il avalait à grands traits le mesclet, cependant qu'en dedans de lui mille sentiments se livraient bataille. Des mots en français, en patois, se réunissaient dans sa tête, des mots qu'il aurait voulu marier, comme pour donner un air

1. *Travers de porc simplement grillés. On dit aussi* coustellous.

de fête à la vérité qu'il connaissait pour l'avoir vue de ses yeux, mais qu'il gardait à l'intérieur de lui. Car une vérité comme celle-là, qui n'appartenait à personne, et surtout pas à lui, ça devait se protéger, se cajoler, se dorloter, tant pis pour les morts ! L'homme à passer s'était enfilé par-delà les crevasses jusqu'au profond des forêts : c'était la réussite, qu'il aille au diable ! Et que le Francis y eût sa part, ça, c'était l'important. Pour le reste… Le Balaïte eut un geste significatif.

De son côté, poursuivi par une meute, Raoul Bertram s'est barricadé chez lui, faisant fi des étoiles, pour se taire à souhait, des fois que sa langue le trahisse. Il a baisé la femme sur les deux joues, simplement, comme chaque soir au retour de l'ouvrage, puis il est allé se coucher.

Le Sébastien Itahoa, que ceux du Lhers et de Garcet ont accompagné un bout, a retrouvé Henri sur le pas de la porte. Mon Dieu, qu'il était beau le gamin ! Il a quitté la fourrure, le père, pas le gosse, et laissé les galoches. Sous sa chemise ont roulé les muscles de son torse, si bien qu'elle faillit en craquer, il a bâillé et s'est étiré comme au sortir d'un rêve qui lui aurait rompu l'échine. À la question de sa femme :

« Alors ? »

Il a répondu, évasif :

« Demain, on parlera de ça demain… »

Quant à Cambo ? Il a fait comme les autres. Il est rentré à Cette-Eygun. Et comme il était tard, il s'est jeté sur son lit, tout habillé, encore crotté, il a suivi d'un œil distrait les lézardes du plafond, puis il a fouillé dans la poche de sa veste. Il en a tiré un revolver qu'il a fait miroiter sous la lampe. Comme par jeu, il a pointé l'extrémité creuse du canon sur son front, posé l'index sur la détente. Il a compté les balles. Il en manquait deux. Alors, il s'est souvenu. Le tremblement de la terre au tout profond des crevasses. Il avait fermé les yeux. Il s'était mordu la langue pour ne pas crier. Puis il avait tiré en l'air, comme ça, pour que le Francis ne fût point lâche. Par deux fois, il avait tiré. Pour qu'ils sachent, les autres, le Bertram et le Sébastien, que Francis n'était pas un lâche. Qu'il était un héros, un corps de légende. Pour qu'ils se taisent. Et se taisent encore longtemps. Sans pour autant que l'oubli survienne. Parce que c'était une belle histoire. Il y avait eu la guerre, la Résistance, les hommes à passer en Espagne, pas un seul au vrai, mais n'importe, qui oserait dire le contraire ? Une histoire qu'on se raconterait le soir, à la veillée, jusque trente ans après, et bien après encore.

Le petit matin…

Troisième partie

I

C'EST UNE AUBE DRAPÉE, à main de réveil douce au regard du docteur qui s'étire et lève les bras jusqu'au-dessus de la tête. Amusé, les paupières mi-closes, il lorgne du coin de l'œil la danse malhabile de ses vieux doigts, leurs craquements arthritiques, leur ferveur à ne pas se désunir. Il se lève, se les passe dans les cheveux, puis, se prenant aux hanches, il arque le dos vers l'arrière, joue l'équilibriste sur la pointe des pieds, orteils écartés. Il ouvre la fenêtre. Trente ans après. Sur un ciel identique, parcouru de nuages, des arbres grandis aux pâleurs de jeune fille, c'était l'hiver, le printemps les vêt de blondeur, un paysage encore humide, que les brumes diluent.

Aujourd'hui, le docteur sait qu'il va mourir, alors il chante des vers, un air qu'il improvise au gré de sa respiration, des vibrations de l'air, comme un pianiste qu'il aurait dans la tête et lui dirait : le *mi,* puis le *si,* à rebours pour un *sol,* une blanche discernable, ponctuée du soupir, de la respiration forte, à la fois douloureuse et mélancolique, de la mort qui traîne ses chausses. Il chante, Cambo. Cela fait : la, la, la... Il se précipite, il se souvient, c'est le rêve de la nuit, celui d'hier et de toutes les nuits. La, la, la... Il se mord cruellement les lèvres. Et quand il se retourne, machinal, il découvre sur le drap, près de l'oreiller, le portrait de l'enfant. Un portrait si vieux qu'on y distingue à peine le sourire, les paroles en suspens, l'ombre du regard. Il chante, Cambo, et tout en fredonnant un air de sa composition il serre fort contre sa poitrine le petit cadavre de papier. Il le respire. Il le pénètre. Il lui parle doucement comme à un enfant qu'il tiendrait par la main. Mais peut-il résister davantage ? Alors il se promène dans la chambre, au milieu de la forêt, se penche sur la fougère, mesure le hêtre aux feuilles dentées, cueille la cyme du myosotis. L'enfant déjà court plus avant dans le rêve, il saute par-dessus la commode, gambade, il fait des glissades sur le parquet, il interroge aussi :

« Et ça ? », dit-il en désignant un grain de soleil suspendu.

« Et ça ? », répète-t-il encore.

Il est assoiffé, il a faim, et si douce est sa voix, pure, innocente : c'est le chaton du noisetier, répond le docteur, l'ombelle de l'angélique, la solitaire, le capitule de la pâquerette, et puis là-bas, qui s'enfuit, c'est la fouine, et le putois, la belette grise, le furet…

« Et ça ? Et ça ? », demande encore l'enfant, insatiable.

Le voici, à présent, qui s'amuse et quémande le savoir. Ses jambes disparaissent sous le frisson de l'herbe. Derrière une chaise il s'arrête, s'accroupit devant une souche qu'il examine et touche, craintif, du bout des doigts… Ce sont les fétuques qui te mangent et leurs plumets d'argent qui se caressent à ton cou, les potentilles d'or qui jusqu'en automne offriront à ta main pour les cueillir mille fleurs en bouquet, le tapis bronze des myrtilles, et puis les renoncules en clochettes, les simplettes qui se donnent humblement. Fais attention ! Ne cours pas si vite. Ta blessure peut s'ouvrir. Un peu de sang sur la cuisse. Je ne plaisante plus, mon gamin, fais-moi voir ta blessure. Tu vois, je te l'avais bien dit, le moindre effort et ses lèvres s'écartent. Là, c'est bien, allonge-toi sur l'herbe, elle est chaude, elle sent bon. C'est le drap de la nuit, la couverture au pied du lit. Tu m'as fait peur, mais ça n'est rien qu'une méchante épine. Tous deux allongés qui regardent le ciel, s'éblouissent au soleil, plissent le front et ferment à demi les paupières, les branches du vieil orme qui se balancent. Simplement, ils sont heureux. Arrache le chiendent, glisse-le entre deux doigts et souffle dessus en pressant fort tes lèvres, comme pour un baiser, sur tes paumes réunies. Tu entends ? Prends garde de te couper. Elle chante, l'herbe. Mais tu sautes du lit ? Où cours-tu si vite dans la prairie ? Tu t'éloignes, Francis, qu'ai-je fait ? qu'ai-je dit ?

Le docteur est seul, et, comme tous les matins, il chante pour lui seul la petite chanson des morts :

« Voilà les feuilles sans sève
Qui tombent sur le gazon
C'est la saison où tout tombe
Aux coups redoublés des vents... »

Au soleil éloigné, il vole, Cambo, et plane dans son ombre l'ombre de la mort sous mille bourgeons éclatés. La terre sent bon, se prend-il à gémir en refermant la fenêtre.

Par-delà le jardin où s'éveille la terre, un homme en imperméable va d'un pas lent, sur la route qui conduit à Urdos.

On ne sait d'où il vient, mais il est commissaire. Il n'est pas de ceux dont on parle sur un ton aigre. Il force la question, il fait qu'on s'interroge. Il est célibataire, dit-on, un peu farouche. Il ne fréquente pas, mais il éclaire le jour. Il est aussi sournois, c'est ainsi qu'on le voit, parce qu'on ne sait pas ce qu'il pense. Ce qui n'est pas un vrai reproche. À toute heure de la journée, et parfois dans la nuit, il marche seul dans les rues, le regard droit devant qui s'étend sur les hommes. Pour tout dire, c'est la vie qu'il considère. À travers ce qu'il est. Selon sa profondeur. Il va. L'œil dardé vers un but précis. D'un pas régulier de promenade. S'il prend un sentier, il en suit l'exact cheminement. Il marche en zigzag. Au cœur de la forêt, paisible, il ne se retourne jamais. Même quand les branches craquent derrière lui. Non plus qu'il ne hâte le pas. Le Barbazan dit de lui qu'il connaît son affaire.

Sur le pont, il s'arrête et prend appui sur le parapet, il se penche légèrement, s'unit les mains, prises l'une l'autre dans le créneau des doigts, et regarde droit devant lui, face au jour, en un regard parallèle au cours de l'Aspe. Il a le nez pincé, rectiligne. Les cheveux en arrière et gominés. La peau cuivrée, ponctuée de sombre. Il se tient immobile, les lèvres entrouvertes. Il aspire au passage ce que les yeux ne perçoivent pas : le goût de l'air et son baiser. Insensiblement il saisit la nature, les arbres qui s'éveillent au printemps, le clocher coupé en deux par la nuée matinale, la brume qui oscille au mouvement de l'eau, les perles de rosée, le claquement des volets qui s'ouvrent à la vie, les uns après les autres, la voix des oiseaux, le feulement des animaux sauvages qui se terrent, le cliquetis, le bruissement de l'air qui siffle à ses oreilles, les sonnailles perchées. Ce sont les hommes et leurs montagnes, comme un seul être qu'il surprend au saut du lit, l'unité nonchalante qui conduit le monde. Comme si les hommes et leurs montagnes étaient indissociables, et que l'ensemble des éléments qu'il découvre n'existait que par les éléments dont l'ensemble est constitué.

Derrière la fenêtre, le docteur n'a pas bougé. Il soulève maintenant le rideau et colle le nez au carreau. Il respire profondément. Le commissaire le regarde. Il le regarde fixement, droit dans les yeux. Comme pour lui dire des choses que lui seul doit entendre. Parce qu'entre eux deux vient de naître une complicité presque naïve, où l'amitié, la vérité se mêlent. Un geste de la main, à peine esquissé. Cambo se redresse, recule et lâche le rideau, d'instinct il refuse le contact. Pourtant, il ne voudrait pas que le commissaire s'en aille, il aimerait qu'il reste là longtemps encore.

Sur la route qui conduit à Urdos, le docteur marche lentement sous la pluie. Il porte chapeau, mallette et parapluie. C'est le jour des visites hebdomadaires à ceux qui pourrissent dans un coin de chambre, à l'abri des regards. Parce qu'ils ont souvent honte de crever comme des bêtes et de sentir mauvais. Parce que l'état de leur corps les écœure parfois. C'est pour ça qu'ils se laissent aller à l'ombre des curieux. Pour qu'on les ignore. Pour qu'on les oublie. Mais le docteur, lui, ne les oublie pas, que ça leur plaise ou non ; il pense à eux, dans le jour, dans la nuit, c'est avec eux qu'il conduit sa vie, comme ça, en les menant à la mort, et c'est pour eux qu'il marche lentement sous la pluie, dans le vent ou la neige, parce qu'il ne peut pas les oublier. Ainsi en est-il depuis trente ans. Parce que c'est là son devoir. Il entretient les vieux comme des meubles anciens, il leur passe sur le nez le chiffon de cire, il leur ôte la poussière, il les parfume, il les frotte et ça brille. Un peu comme la patine. Ou ces bracelets en perles qui font illusion, gagnés à la fête foraine. Une santé plus ou moins mauvaise qu'il poudre avec soin, histoire de lui donner figure humaine. Sans relâche, il les dorlote, tous ces vieux, il les bichonne, il les réchauffe, il les engueule si besoin est, notamment quand il sait qu'il peuvent encore tenir le coup deux ou trois jours, pour leur donner un dernier coup de fouet, et, quand il en est l'heure, il œuvre même aux funérailles, et il souffre de toute évidence, il n'offense pas, mais il sourit avec douceur à tous, même aux aveugles : un sourire délicat qui saisit l'ignorance.

En général, le docteur frappe tout d'abord ou tape d'un coup de heurtoir sur la porte, puis il demande :

« Encore vivant ? »

Il entre, si la réponse est oui. Sinon, il reprend sa route, grisé par l'indéchiffrable sentiment qui le fait agir, puis il frappe à la porte suivante. Torturé. Antihumain. Seul à s'ouvrir la tête contre les murs sans que personne ne vienne à son secours, même s'il se prend à crier… *« Ce serait une erreur, Cambo, que de quitter votre habit de médecine. Gardez votre chapeau, portez votre mallette, tenez ferme le parapluie au-dessus de votre tête, c'est ainsi qu'on vous veut. Lescun n'a plus d'autre souhait que la science de votre âge… »* Une voix brisée lui répond enfin :

« C'est vous, docteur ? Entrez ! »

Bientôt, le parapluie grand ouvert sèche devant la cheminée. Le docteur s'assoit, les pieds au chaud. La vieille donne à boire. Du moins si ce n'est pas elle que le docteur est venu voir. Elle donne à boire tout en marmottant. En fait, elle en a plus qu'assez de cette vie, mais pas question de le dire. Elle marionnette avec sa bonnette, ses cheveux en mèches grasses, son tablier de dentelle et son postérieur qui la suit tristement, à la cadence de ses sabots. Puis elle se plante devant la table, toute raide malgré son âge, et elle se met à tailler dans le jambon, puis dans le pain et le fromage, et elle verse pitance au docteur, sans s'oublier tout de même, tandis qu'à côté d'elle, attirant son attention avec ses griffes, le chien aboie, remue la queue et laisse filer sa bave jusque sur le carrelage. Parce qu'il voudrait bien manger, lui aussi. On entend alors une autre voix, celle du mourant :

« C'est vous, docteur ? »

Mais c'est une voix, rien de plus facile à comprendre, qui n'attend pas de réponse. La pluie en profite alors pour redoubler, c'est immanquable, et marteler les vitres. Dehors, une femme vient bientôt à passer, elle court, et ses sabots dans la boue bien épaisse éclaboussent ses jupes. Cheveux au vent, rousse opulente, inconnue au bataillon, elle tient par-dessus sa tête un tablier bleu qui vole et claque. Elle dure le temps d'une fenêtre, puis elle disparaît. Le docteur baisse alors la tête et s'abîme bientôt au-dessus des flammes ; il digère et ronfle un peu. Pendant ce temps, derrière la porte ou tout au fond d'un couloir, le moribond achève son râle. Et c'est enfin, magistral, le triomphe de la mort. « *Docteur, les comptez-vous, tous ces vieux qui s'évadent pour gagner d'autres lieux ? Un à un, les oisillons du trépas s'en vont. Ils quittent le nid, mais ce n'est pas par lassitude, non, ni par seul abandon. Ils ont soif, c'est tout. Soif d'autre chose. Un beau jour, sans rien dire à personne, pas même à vous, ils approchent les lèvres de la coupe et aspirent le breuvage qu'on leur tend, puis ils l'avalent et en redemandent encore. Parce que le goût de la mort est parfois plus doux au gosier que vous ne l'imaginez. Parce que ni votre main sur leur corps, ni votre oreille attentive à écouter battre leur sang, ni votre savoir expert à leur donner le don de vivre n'ont les attraits du voile derrière lequel elle se cache. La mort, docteur, celle qui se vêt en beauté, en rivière féconde au profond des crevasses, et qui n'est point douleur. Je n'ose la dire : glorieuse. Non, docteur, elle n'est pas abandon, elle est espoir, et je crois bien qu'il faut une certaine audace à ceux qui, comme moi, la fréquentent depuis si longtemps pour n'en pas parler plus souvent aux humains. Aux vivants qui se traînent en longueur sous le fil du mystère. Vous les comptez, docteur, tous ces vieux qui s'évadent. Et vous pleurez sur votre sort à les voir vous quitter. Parce qu'ils sont la mémoire, votre vie, et que l'une et l'autre s'éparpillent en cendres, sous vos yeux, comme la pâle image de ce que vous auriez voulu être, mais n'avez pas été. C'est l'oubli.* » Sur quoi, le docteur s'étire, comme au sortir d'un profond sommeil. Presque contre lui, la vieille s'est assoupie, et, à ses pieds, le chien couché en rond dort également, la truffe entre les pattes. Le docteur se lève, il fait quelques pas. Il tend l'oreille un moment : le vieux bougre a dû passer. Alors, sans éveiller la veuve, il constate le décès, puis il s'en va. Il a tout juste le temps de courir à la mairie pour les formalités d'usage.

Il respire à pleins poumons l'odeur de la terre, la sève, puis il fait un pas, hésite, avance encore et s'arrête à nouveau. Il jette un regard circulaire sur la place du village, l'église qu'il considère, la mairie, le platane séculaire, les bancs de pierre, la mousse écrasée, le panonceau de bois au-dessus d'une porte, la mercerie, le placard publicitaire au coin de la fontaine : *La Jeune Vierge* – interdit aux moins de 18 ans.

De retour de Bedous, Guillaume Barbazan s'est arrêté sur le pont. Il attend le docteur, c'est politesse, pour le saluer, car c'est bon temps qu'ils ne se sont pas vus. Ils se serrent la main, échangent quelques paroles.

« Vous me tiendrez bien un bout de chemin ? demande Barbazan. La route est longue et pénible sous la pluie. À deux, c'est plus allant. Vous ne montez donc plus à Lescun, qu'on ne vous y a guère vu ces temps derniers. Pas même un soir, au café, pour la veillée…

– C'est vrai, reconnaît Cambo.

– Même que je me souviens, c'est depuis l'égorgement du bétail, le feu de la remise au bois et la mort du Sébastien, quoi, tout ça le même soir, une misère. Vous ne m'en avez même pas dit ce que vous en pensiez. J'aurais pourtant aimé savoir. »

Sacré Barbazan ! La déroute au bout de la langue, comme toujours. À ne point tarir. Aucun détail n'est de reste, ce serait trop bête, les occasions sont si rares de s'adresser à la science. Mais du goût pour vivre, surtout, comme certains en manquent parfois, suffisamment en tout cas pour empoisonner l'existence du pauvre monde qu'il accompagne.

« Vous avez sûrement rencontré le commissaire, continue-t-il, un jeune gars, les trente ans, du charbon dans les yeux. En voilà un qui n'est pas comme les autres. Un drôle d'homme, mais qui connaît son affaire. Il est partout : à Eygun, au Lhers, à Garcet, bientôt à Lescun, ou tout seul, au long de l'Aspe, à flairer l'odeur du sang, celle qui se mêle aux herbes. Le jour où je l'ai vu, ça m'a tant remué que j'ai cru tomber sur les genoux... Oui, un drôle d'homme, je vous assure... Vous tenez la bicyclette un moment, docteur ? »

Il n'attend pas la réponse. Il s'éloigne déjà, le Barbazan, et sur le bord de la route, au-dessus du fossé, il écarte les jambes ; puis il fourrage allégrement dans sa culotte, et il pisse en sifflotant, tout en regardant autour de lui, à droite et à gauche, les premières fleurs, le mulot qui se faufile sous un tas de feuilles mortes, le genévrier, et ses pieds qu'il arrose sans prendre garde ; enfin, il se tortille, cherche misère à sa braguette que ses doigts bourrés d'arthrose ont du mal à reboutonner et s'en revient le pas léger.

« Votre bicyclette », dit Cambo.

Ils se remettent en route.

« Oui, il siège à la mairie, reprend déjà Barbazan. Il s'est même installé dans la salle des archives, figurez-vous, où il travaille à longueur de nuit, à la lueur d'une lampe à pétrole. Il prend des notes, il souligne. C'est le temps de la guerre qu'il affectionne plus particulièrement, les années 1942-1943, à ce qu'on m'a dit, surtout le livre des morts. Alors le maire a mis à sa disposition toute la paperasse qu'il possède. La Célestine est d'accord. Elle dit que ça remue la poussière et que la poussière c'est fait pour être remuée.

– C'est vrai, opine Cambo, que la poussière cache parfois des trésors.

– Voyez, vous êtes de son avis… »

Le Barbazan hoche la tête.

« Un drôle d'homme quand même, fait-il. Quand on lui parle, il ne vous écoute pas, les yeux vagues et absents. C'est derrière vous qu'il regarde, le mur d'en face. Pourtant, vous avez la sensation d'une étreinte à hauteur de poitrine. Il vous étouffe, cet homme, il vous consume. Tudieu ! si je le comprends : c'est chez le Balaïte qu'il trouverait l'odeur du crime. Seulement la preuve, la preuve. Comment savoir ? Il espère la dénicher dans l'histoire du pays. »

À ces mots, il s'arrête tout de bon, et il regarde le docteur fixement, droit dans les yeux.

« Vous y croyez, vous, à cette histoire du pays ?

– Pourquoi pas ? répond vivement Cambo.

– Ah… », fait l'autre.

Il en a le souffle coupé.

« Faudra m'expliquer ça, docteur », jette-t-il après coup.

Puis il essuie la sueur qui perle sur ses tempes et son cou.

Il grommelle :

« Ce vent chaud qui vous pétrit la face. Je suis tout en moiteur. Encore des vieux qui vont passer… »

Ils poursuivent la route, côte à côte, sans presser l'allure, l'un poussant sa bicyclette, l'autre tenant à la main sa mallette et son parapluie. Ils bavardent. C'est l'habitude. De tout et de rien. Du temps mauvais. De la prairie qui s'enchante en cette période de l'année. Du tracas des hommes à se voir mourir. Et de la terre qui ne tourne plus rond.

Quand ils arrivent au terme du chemin, là où leur route se sépare, c'est le silence qui les accueille. La montagne avide se resserre sur le cirque, l'isole. Sur les dalles de calcaire où croissent les edelweiss, les sons s'épuisent dans les pentes pluvieuses, veinées de ravins mauves. Une étroite fumée s'élève au-dessus des chênes.

« Il y a l'amour chez les Itahoa, remarque Barbazan.

– Qui donc ? fait le docteur.

– Vous ne saviez pas ? s'étonne Barbazan.

– Je ne sais pas, avoue le docteur.

– C'est Julia, la fille de Prisca, celle de Bedous. Elle doit approcher la trentaine aujourd'hui, et toujours point d'homme avec elle. Mais à parier, docteur, je me couperais bien la main si dans le mois qui vient le curé n'a pas fait son office. Dommage, c'est vrai, que le Sébastien n'ait point vu ça ! »

II

QUAND SE LÈVE LE JOUR sur la ferme des Itahoa et que la nuit se déchire, Henri s'éveille, encore étonné de n'avoir plus son frère à ses côtés ; il se frotte rudement les yeux, puis il repousse le drap d'un geste large de la main. Et il saute hors du lit.

Bientôt, il approche à pas feutrés de la chambre du père, mort voici maintenant dix jours. Il tend l'oreille derrière la porte. Attentif. Les mains derrière le dos. Le buste tendu. Le souffle en suspens. Puis il sourit pour lui seul, soudain. Un sourire étonnant qui éclaire son visage, comme en parure à ses traits lourds et virils. Un contentement terrible qu'il éprouve rien qu'en posant la main sur le loquet de la porte. Depuis quelque temps, comme jamais, il garde en lui le désir de l'ouvrir. C'est la première fois qu'il se retient ainsi devant une chose dont il a envie. Dès qu'il entrevoit dans la pénombre le corps nu de son frère et celui de Julia, unis l'un à l'autre, il sent une joie inouïe le prendre. Comme une sourde jouissance qui s'apaise lentement, un sentiment de victoire qu'il refuse pour lui-même. Il est ivre, mais c'est la gloire d'un autre corps que le sien qui l'enivre. Le plaisir de voir Julia, la confiance endormie, souffler une haleine parfumée sur les joues, sur les lèvres de son frère. C'est le plaisir de l'âme. Alors, il se rappelle, non sans complaisance, le soir encore tout proche où son cadet lui a mis la main sur l'épaule. Ils étaient visage contre visage, à se regarder bien en face.

« Je veux te dire… »

Mais la voix de Pierre tremblait.

« Parle », dit Henri.

Il se doutait bien, lui, que le cours de leur vie allait aussi trembler du germe nouveau de l'alliance. Il avait hâte de savoir.

« Parle… Mais parle donc… », insistait-il.

Et le lendemain soir, Julia est arrivée, les mains vides, mais déjà femme et sœur. Sans histoire, ni complication, et peu surprise de la modestie du logis, bien qu'elle n'y fût pas habituée. Pourtant, ce fut aussitôt le branle-bas. De la part d'Henri, surtout, qui la désirait à son aise. Dans la chambre du père, il y eut, pendant une nuit entière, comme un vent d'orage. Le lit qu'on déplaça, face à la fenêtre. Le papier humide qu'on acheva d'arracher. La chaise percée qui crépita dans l'âtre et projeta sur les murs l'ombre de la joie, du bonheur accompli. Il s'en donnait, Henri, les manches retroussées, la sueur au corps, vraiment pour son plaisir.

À présent, le voici qui dégage les braises de sous la cendre. Il entasse les brindilles et, par-dessus, les aiguilles de pin, les épis dégrainés du maïs. Une épaisse fumée s'élève alors, hésitante, saturée, qui s'écrase au manteau de la cheminée, bouillonne, déborde un instant sur le pourtour des poutres, mais s'en retourne bien vite pour filer droit jusqu'au ciel. Le feu éclate. Henri prend une bûche dont il respire l'odeur sèche, il la pose sur les flammes qui la rongent aussitôt, puis il en jette une autre sous le *caüde,* le chaudron de fonte, et une autre encore pour que dure la chaleur.

À la source, il va chercher de l'eau, deux seaux, puis deux brocs qu'il déverse dans le chaudron. Pour que Julia n'ait pas à courber l'échine sous le poids de la charge, il ne compte pas sa peine.

Son lit est sitôt fait.

L'eau chauffe, tranquille.

Quand il voit que tout est en ordre, il se donne au gosier un verre de lait bien mérité, une tranche de pain, du lard, un morceau de fromage de brebis qu'il dévore, tout debout, veillant au feu, à la table qu'il nettoie d'un revers de la main. Puis, il se dégrafe la chemise devant l'évier, la cuvette remplie d'eau tiède, et il se campe massivement, les pieds écartés, bien à plat sur le sol, la jambe solide et la cuisse, *gaillardou* ! faut la voir cette cuisse, l'œil n'en fait pas le tour, longue, elle s'évase en muscles épais jusque sous les fesses, de quoi soutenir vingt carcasses comme la sienne, il se frictionne la poitrine, le dos, les reins, les épaules, ça sent le propre, le jeune chien qui s'ébroue, et traverse tout soudain d'une seule enjambée les deux tiers de la pièce. Un instant immobile parmi les géants, il s'illumine à la bûche enflammée. C'est de l'or sur le corps, de l'ambre qu'il assèche à grands traits de main.

Bientôt il s'habille.

Il se jette la cape sur les épaules.

Derrière la porte et sous la pluie, Zampa le chien l'attend, la queue déjà folle d'impatience.

Julia se lève, frileuse, plus belle encore du sommeil qui berce ses paupières. Sur le carrelage, on croirait qu'elle danse à petits pas, les orteils en fleurs. Elle traverse la chambre jusqu'à ses pantoufles. Elle les enfile, et s'en va prendre la chaleur au feu de bois.

Maintenant, ainsi en est-il depuis trois ou quatre jours, elle invite Pierre à la rejoindre. Car tout est prêt sur la table : la miche de pain, le pot de beurre, les œufs frits, les confitures, la myrtille du dernier été qu'elle a rapportée tout exprès de Bedous, il ne faut pas le dire, en cachette de ses grands-parents, et puis le lait bouillant déjà versé dans les bols, le fromage de brebis posé sur une assiette… Ils n'ont rien à se dire. Ils mangent, sagement assis l'un près de l'autre. En silence. Sans bouger le corps, ni émettre un seul son. Ils laissent agir leurs visages qui changent d'expression à volonté. C'est ainsi qu'ils se donnent des baisers. Ils se regardent en sournois. Ils se suggèrent tour à tour l'angoisse, la joie, la tendresse. Mais le rire l'emporte toujours, comme au final d'une belle histoire.

Le soleil par-dessus la pluie a déjà fait sa route. Le mulet attelé au chariot attend devant l'écurie. Les flammes lèchent les murs de la cheminée. Elles s'ondulent en faisceau, les flammes, au gré de leur inspiration, pics ou dos ronds sur la croupe en feu des bûches.

Au fond de la maison, on entend une porte qui s'ouvre. Julia avale un grand cri. Ses lèvres tremblent. C'est qu'elle n'est pas encore fille habituée des lieux. Puis on entend une voix qui interroge.

Elle est sourde, la voix, assourdie par l'épaisseur des murs. Elle interroge et demande… Quoi ? Si tout va comme il faut. Elle interroge autour d'elle, on l'entend un peu mieux, du fond des murs elle se déplace, peut-être va-t-on la comprendre distinctement. Elle éclate. Elle caresse aussi. Pierre serre Julia contre sa poitrine.

« C'est mon aîné », dit-il.

C'est Henri qui parle aux bêtes et aux murs, à la volaille qui s'égosille, craintive, et bat des ailes en s'enfuyant. C'est à la source qu'il parle, à la hache, aux troncs à fendre, à la pluie qui s'infiltre, perfide, entre son cou et le col relevé de sa cape. Il a pour chacun, pour chacune, une chose à dire mais qu'il n'oserait pas dire à Julia. Il parle, parce que tout autour de lui le reçoit, l'accepte tel qu'il se donne, et parce que de confiance il leur accorde son cœur et la tendresse. Il interroge. Elle demande, sa voix. Elle devient silence. Elle est toute basse. Elle est silence.

« Il parle aux bêtes qui ne lui répondent pas.

– Tais-toi, dit Pierre.

– J'ai peur, fait Julia serrée tout contre lui.

– Tais-toi.

– Il vient, il est là…

– Écoute les agneaux, comme ils lui obéissent… C'est mon Henri… »

Lui, dirait plutôt :

« C'est Pierre, c'est mon frère. »

Des bruits de pas encore. Puis la porte se referme.

« Écoute, il arrive. »

Julia se fait toute petite.

« Il approche. »

Il hésite, l'Henri. Puis il se décide et entre. Il pleut sur les ardoises, et la pluie entre à son tour, et le vent, les bêtes, le mulet qui attend sous la pluie. Henri est entré, toute brume, il les regarde ensemble, c'est ainsi qu'il regarde son frère et Julia, sans les distinguer vraiment, comme un seul être, serrés l'un contre l'autre, un même corps que les flammes embrasent ; c'est tout simple, les idées dans sa tête se pressent pêle-mêle et se bousculent, mais il les garde pour lui, il se tient immobile, le visage au repos, l'air ravi, à n'en pas croire ses yeux. Il est ivre. Et son crâne chavire par-dessus les nuages. Il flotte. Et pendant un moment, il demeure interdit, bouche ouverte, prunelles écarquillées, les bras grands écartés.

« C'est parce que je l'aimais que je te le donne », dit-il à Julia.

Mais quelle importance, tout ça ? Peut-elle vraiment comprendre ?

Il regrette aussitôt.

« Je t'attends », dit-il à Pierre.

Puis il s'en retourne vers l'ouvrage et ferme bientôt la porte. La pluie redouble alors, et on entend à nouveau cette voix étrange qui interroge les animaux, les arbres et les pâtures. Elle est sourde, la voix, elle interroge et demande… Quoi ? Si tout va comme il faut.

Pierre a bouclé le panier de victuailles. Un instant, comme chaque matin avant de partir, il songe à l'absent, le père mort il y a dix jours qui manque à tous les trois, dont il revoit la face mangée par la vermine, les cheveux gris et défaits, la poitrine efflanquée. Mais il se redresse bientôt, plus vaillant, plus fier. Il se reproche sa faiblesse. Il pense à l'heureux jour qui l'a vu naître ici, avec Henri pour frère.

Il embrasse Julia : un baiser à droite, un baiser à gauche, un dernier sur les lèvres qu'il fait durer plus longtemps.

Puis il sort à son tour.

À présent, voici les deux frères à mi-parcours, entre ferme et troupeau, sur l'étroit sentier qu'arpente le mulet. Le chien suit. Il a le poil trempé.

« J'ai à te parler, dit Henri tout soudain.

– Je t'écoute, dit Pierre qui s'apprête à jouer du fluto.

– C'est au sujet de Julia.

– La Julia ? demande Pierre.

– Oui, la Julia. Aujourd'hui qu'elle est avec toi, il ne faudrait pas qu'elle se fatigue comme ça, à te frotter fort dans ton bain. Ce pourrait être mauvais pour elle, j'ai pensé. De laver le linge à la source aussi, car ça lui courbe le dos, et de porter les bûches également, parce que ça doit lui scier les reins. Il faudrait qu'on fasse avec elle comme on faisait avec le père. Tu te souviens ? Qu'elle ne peine pas au labeur.

– Qu'est-ce que tu caches, l'Henri ? Arrête le mulet. Regarde-moi un peu. Couche-toi, Zampa ! Dans les yeux, Henri, dis-moi ce que tu caches.

– Je t'aimais bien, petit frère.

– Ta gorge fait des nœuds, Henri. Tu veux dire quoi ?

– C'était mon plaisir. Je t'aimais à ma façon. Je pensais même des fois qu'on serait comme ça, tous les deux, pour la vie, la main dans la main ; et que plus tard, dans la vallée, on parlerait de nous avec respect, en disant : ce sont les frères Itahoa, comme on disait naguère, de ses fromages, les meilleurs, surtout les tommes, grâce à ses brebis, maintenant les nôtres : c'est le Sébastien Itahoa. »

Mais Pierre est devenu tout rouge.

« Tais-toi ou bien je te fends la tête. »

Alors Henri se met à rire de bon cœur.

« Qu'est-ce que t'imagines ? se défend-il en se tapant les cuisses. Aurais-tu de ces pensées comme ils ont, à ce qu'on dit partout, les gens de la capitale ? Manquait plus que ça ! »

Voilà bien du plaisant, en effet ! Mais Henri apprécie tout de même la colère de son frère. Et le soleil aussi, certainement, qui, pour marquer son approbation, troue le nuage au même instant. Le cirque en profite alors pour se déployer sur toute sa largeur, d'est en ouest ; les roches et les forêts se fabriquent des ombres ; et les bancs de brume au niveau des prairies se diluent, bientôt translucides. Lescun se livre ainsi au jour : les chiens aboient après les moutons, les vaches meuglent, et les clarines, perdues dans les estives, se prennent à trembler.

Mais Pierre, aujourd'hui, ne goûte rien de tout ça.

« Tu caches encore », rugit-il.

Il saisit Henri par le col ; mais Henri, d'un seul bras, le soulève à la taille, et le projette dans l'herbe mouillée, le nez dans la terre, un genou sur la nuque, à se débattre en vain.

« Alors je t'explique, dit Henri sans lâcher prise. J'ai des idées pour toi et des idées pour Julia. Ça fait du bien d'avoir des idées de temps en temps. Dans la semaine qui vient, faut que tu prennes une fille de Lescun, ne te fais point de tracas, on la couchera dans la pièce du fond, et pendant le jour, parce qu'elle en a besoin, elle aidera ta promise. »

Pierre se débat. Il répond :

« Elle est costaude, ma Julia ! Elle est costaude, qu'est-ce que tu crois ?

– Je ne dénie pas. Mais tu vas la marier bien vite, ça lui fera plaisir. »

Pierre n'en croit pas ses oreilles.

Il étouffe un juron.

« Quoi la marier ? », qu'il fait.

Du genre : de quoi tu te mêles ?

« Après ça, continue Henri qui jamais n'a tant parlé, on arrangera la chambre comme elle voudra, la Julia, elle a du goût c'est sûr, avec du beau papier en relief, comme du tissu de soie, et des rideaux comme on en fait maintenant, tu verras, ça sera bien, la tringle avec un fil pour les ouvrir ou les fermer. Parce que tu sais, Julia, je l'aime aussi, mais c'est rien pareil qu'avec toi. Un peu comme une sœur. Et ça fait du tintouin dans mon cœur et dans ma tête aussi. Quand j'y pense, j'ai envie d'abattre la forêt tout entière pour vous en faire un grand feu, ou d'égorger le mouton gras. Après ça encore, mais c'est bientôt, vous aurez l'enfant, fille ou garçon, du sang bien à vous qui coulera dans ses veines. Alors, tu comprends, la

Julia, il ne faut pas qu'elle peine. Pour l'enfant qu'elle aura... »

Alors Pierre, le museau toujours enfoncé dans la mousse :

« Qu'est-ce que tu me racontes là ? »

Le visage de l'Henri s'éclaire. Sa main le démange, comme une étrange sensation servie par le cerveau. Encore une envie qu'il lui faut satisfaire, trop heureux d'avoir lui-même annoncé la belle chose. Les doigts bien écartés, il balance une bonne claque sur le cul de son frère.

« Je les connais trop, mes brebis, dit-il fou de plaisir. Quand elles ont la peur blanche dans les yeux, c'est qu'elles sont grosses. Puis il termine : Tu me le fends toujours le crâne ?

– Plus que jamais, si tu n'ôtes pas ton genou. »

Alors, Henri se lève, tout content. Puis il marche un peu. Ensuite, il prend les rênes et les tire un rude coup. L'attelage grince et s'ébranle. Derrière, aussi heureux que son frère ou plus encore, Pierre ferme la marche, son fluto à la bouche, modulant déjà quelques notes avec le bout des doigts. Des notes qui s'enlèvent au-dessus des troupeaux et leur apprennent qu'il fera beau ces jours prochains au cœur des Itahoa.

Pour l'enfant, rien n'est plus sûr, et Julia eût été bien en joie d'entendre Henri, son nouveau frère, parler comme il a fait. Depuis deux jours, en effet, la fatigue se traîne après elle, elle a des renvois, quelques nausées, le foie qui la travaille, mais elle a du plaisir à n'en point parler encore, des fois qu'il y ait misère, alors elle attend tranquille dans sa demeure à satisfaire l'ouvrage, que le gamin soit bien accroché. Parfois, seulette à regarder la pluie ou bien assise à regarder le feu, elle l'imagine, fille ou garçon. Si c'est un gars, toujours il est grand, planté fier, pas trop large du torse, du charme plein les yeux. Mais s'il est une fille, l'enfant, alors il a du galbe, le mollet rond, un tantinet charnu, la taille fine – il faut ça pour une fille, une taille bien prise et des seins qui font tourner les têtes.

Justement, c'est la tête de Julia qui tourne à ce moment. Les jambes se dérobent sous elle. Elle s'assoit sur le fauteuil du père. Elle ferme les yeux. Machinale, elle tricote des doigts. Elle sourit pour elle-même au ciel de ses paupières. Elle somnole quelques instants, s'abandonne au rêve de sa vie nouvelle, bientôt elle se relève... Dans une armoire, elle cherche des chiffons, un drap qu'elle pourra déchirer, en quatre s'il est assez grand, en deux sinon, elle fouille, fouille, enfonce le bras sous les piles de linge propre, ça sent la vieille cire, elle monte sur une chaise, Julia, elle tâte à l'aveuglette, le nez dans les chaussettes, un trou dans l'étoffe, voilà son affaire, et sur la table de la cuisine elle taille hardiment le tissu. C'est ainsi que s'y prend sa grand-mère pour saler le jambon. Le tissu étalé sur la table, un bon carré d'étoffe blanche, c'est préférable, un paquet de gros sel à étendre comme il faut, ni trop ni trop peu, la pose délicate du jambon frais découenné, là n'est point la science, c'est l'instinct qui dirige, le savoir de jadis qu'on apprend en naissant, il opère, dirait-on, il guide la main, jeune ou vieille, il sème le sel sur le dos rond de la viande, extrême coquetterie, une branche de thym cueillie fraîche du matin, à l'heure où la rosée se dépose en coquilles, mise à plat sur le sel craquant de Bayonne, puis le tout ensemble étroitement ficelé, les extrémités de l'étoffe nouées entre elles. De cette façon se conserve le jambon, bientôt mis sous la cendre pour un mois ou deux, quand viendra l'heure de le pendre au plafond, bien au sec, puis de le goûter à bouchées minces, un verre de jurançon à la main. Sec, le jurançon.

Le travail achevé, Julia se penche sur les braises qu'elle agite un franc coup, puis elle leur donne pitance d'une bûche encore verte.

Le temps a passé.

Elle déjeune.

Elle est seule, mais pas vraiment.

Alors, dans sa tête, elle vagabonde parmi les oiseaux fous qui chantent dans les futaies. Sous l'œil de l'isard, elle cueille les baies sauvages, les mûres en grappes. Deux gorgées d'eau fraîche pour une source vive. Ou le chagrin d'une vierge. À genoux, tête basse et la tête dans les mains, elle prie dans la grotte sous les cierges monticules. Entre deux bouchées de pain. Un *Ave*. Un *Pater*. Pour son père. *« N'a pas connut sa paï »*, lui disait sa grand-mère. Et pour sa mère morte. Prisca du bord de l'eau, c'est de nuit qu'ils te conduisirent au cimetière, et c'est pour toi que je fais une prière… Aujourd'hui, la vieille a bien changé, et le grand-père sans âge, cassé dans ses os, qui tremble du béret, des jambes, et des mains que c'en est une misère de le voir opiniâtre à saisir une cruche, comme il a vieilli le père de Prisca. Il envoie des baisers. C'est tout ce qu'il sait faire. Il envoie des baisers… Il n'empêche… Il est trop tard, pépé. Mon estomac se contracte, j'ai mal au foie, pour toi ce rot de tendresse, et ce regard long de pitié. Un beau sentiment, la pitié, si tu savais, une sensation qui raffermit les muscles du visage, efface les rides comme d'un rien. Un silence… Julia ne sait pas très bien ce qu'elle est en train de vivre. La soupe refroidit. Vite une lampée encore tiède, ingurgitée déjà. Puis le chant des oiseaux qui volent en groupe par-dessous les nuages. Les hirondelles. Les étourneaux. Les merles qui piquent au passage les baies, les mûres et les prunelles cireuses. Elle écoute le pas du mulet qui se crotte les flancs, la culbute de l'agneau sur l'herbe, bientôt le commissaire au coin du feu, qui renifle et se mouche. Un drôle d'homme, songe-t-elle soudain. La tête dans les étoiles, les cheveux en arrière. Un instant, elle l'espère... En général, il s'installe confortablement, le dos tourné au feu, sur la gauche de la cheminée. Il n'ôte pas son imperméable. Pas plus qu'il ne parle, d'ailleurs. La première fois, il a dit :

« Je voudrais voir... »

Puis il s'est tu.

« Qui ? », a demandé Julia.

Il a répondu :

« Henri Itahoa. »

Mais l'Henri était à deux kilomètres de là. Alors, Julia lui a demandé s'il désirait autre chose. Et lui, simplement, il a dit non, que ça n'avait aucune importance. Le deuxième jour : « Est-ce que le cadet ? » Pas exactement. Comme la veille : « Je voudrais voir... » Pierre était dans la grange au bois. Mais ils ne se sont rien dit. Sans doute qu'ils n'avaient rien à se dire. Pour quand il arrivera, ce sera le troisième jour, elle lui prépare un fauteuil, à gauche de la cheminée, le fauteuil du vieux Sébastien. Comme à l'accoutumée, il gardera les mains dans ses poches. Les jambes croisées. Timide, elle s'installera derrière la table, les yeux au ras du sol, et les mains humides. Ses mains, elle les essuiera de temps en temps aux parements de son tablier. Ça lui donnera de la contenance. C'est toujours important de ne pas avoir l'air bête. Puis elle fera mine d'être absorbée par l'ouvrage, cependant qu'il passera les objets en revue : les portraits, ceux des jeunes et des plus vieux, la bassinoire, le lit de l'Henri, la table et les chaises, le carrelage défait, l'évier craquelé, les fenêtres, la porte, la huche, le coffre à bois, le chaudron suspendu, tout… Sauf elle… Ainsi pendant une heure ou deux. Absent ou cherchant à comprendre. À l'écoute des voix les plus anciennes. À tirer sur sa pipe des bouffées acides de fumée. Dans un cercle de mystère. À se parler tout bas. Tout bas. Comme s'il existait une communication entre lui et les choses de la terre… Ça la fait rire, Julia. Elle est heureuse. Elle se dit qu'un jour, peut-être, elle s'en ira jusqu'à Lourdes pour prier à genoux sous les cierges monticules, entre gave et rocher… Comme elle sera belle la mariée de Lescun !

Elle s'essuie la bouche, puis s'en va faire la vaisselle.

III

LE SOLEIL A TOURNÉ sur la Table des Trois Rois. C'est l'heure, quand le soleil vire à l'ouest, où le cœur se met en émotion. Les couleurs changent, se nuancent de pâle du côté du couchant et, à l'opposé, revêtent leurs habits sombres. Les oiseaux, par espèces, se rassemblent et plongent vers les troupeaux au-dessus desquels, à ce moment, s'étirent des nuées d'insectes. Ni les hirondelles ni les martinets ne sont encore là, mais cela ne saurait tarder. Bientôt, comme des bolides, ils fendront l'air à coups répétés de stridences, pourchassant les intrus, mésanges grises et autres malheureux moineaux des montagnes. Dans le même temps, indifférent à ce manège, et bien plus haut vers les cimes, là où se multiplient les rhododendrons et les colchiques, le gypaète solitaire surplombe les estives. En recherche de squelettes à déchiqueter ou de vieux os qu'il cassera sur la roche pour ensuite en détacher la moelle, son ombre plane, tout en lenteur, au-dessus des abrupts au fond desquels s'écrasent les brebis maladroites. Ainsi, tout autour de Julia, le cirque, ce géant dont elle est la chandelle, comme au centre d'une ronde de petites filles assises par terre et qui battraient plein des mains, folles de rigolade et retroussées des jupes, s'offre en carte postale au poète, amoureux des simples. Le bras en visière au-dessus du front, elle fouille l'horizon et se fatigue les yeux. Elle s'interroge, elle interroge aussi les pentes. Enfin, elle croit discerner, tout là-bas vers le sud, un homme qui chemine à pas lents. Serait-il Pierre ? Serait-ce un autre de Lescun ? Un peu plus sur la gauche, maintenant, un troupeau sillonne les prés, qu'un autre berger, accompagné d'un chien, rameute d'une voix lointaine, déformée par l'écho. Serait-ce le troupeau des Isturigues ? À moins que ce ne soit celui du Barbazan et le Barbazan lui-même ? Bien difficile à prédire. Alors, Julia se tourne vers le commissaire, immobile à son côté, et elle lui avoue son impuissance, si récente qu'elle est ici, à reconnaître chacun. Puis, désolée de ne pouvoir mieux faire, elle laisse bientôt retomber son bras. Mais, pendant un moment, elle cherche tout de même quelque chose à dire, quelque chose d'autre. Un peu comme si elle avait à se justifier.

Mais il est trop tard.

Il est trop tard, pense soudain Julia...

Alors, elle retient un accès de rire nerveux. Un *Pater*. Un *Ave*. Tout à l'heure, elle était heureuse et ne songeait qu'à son bonheur. Elle imaginait son enfant, fille ou garçon. C'est ce qu'elle dit au commissaire. Mais de nouveau, la voici folle à prier. Comme hier, comme avant-hier, comme à chaque fois lorsqu'elle est seule. Un *Pater*. Un *Ave*. Ça n'est pas à Lourdes que je me rendrai, mais à Sarrance. Pour y prier Notre-Dame de la Pierre. Ça n'est pas très éloigné d'ici. Peu après Bedous. Sur la route d'Oloron. Au bord de l'Aspe. Sarrance au pic Roumendarès d'un gendarme qui aurait égaré son chapeau rouge. La petite chapelle. Les vieilles de septembre qui s'écorchent les genoux. La fontaine miraculeuse en contrebas, au bas de l'escalier. Je demanderai à Pierre, se dit-elle encore, ce soir je lui en parlerai... Et puis le jour venu, je me vêtirai de beauté, les cheveux en bandeaux sur les oreilles, comme ma grand-mère de Bedous, le capulet blanc jeté sur les épaules, mais sans bas sur les jambes, car je n'enfile de bas que lorsqu'il fait bien froid... Un instant immobile, ne songeant plus à rien...

Bientôt, le visage dans les mains, Julia sanglote sans trop savoir pourquoi.

« C'est que j'ai le bonheur si vaste », confesse-t-elle au commissaire, après quelques secondes, comme pour s'excuser.

Le commissaire est embarrassé.

« Est-ce que je peux vous aider en quoi que ce soit ? demande-t-il, lui qui n'est guère habile à consoler les femmes.

– Pour un peu de misère ? s'enquiert Julia.

– Non, pas nécessairement.

– Alors quoi ?

– Je ne sais pas, avoue le commissaire.

– Justement, c'est ce qu'il faudrait savoir, tente alors de plaisanter Julia d'une voix qui renifle. Et puis, pourquoi voudriez-vous m'aider ?

– Pardonnez-moi. Votre sourire me blesse. J'ignore tout de votre mal. Vous savez, les livres ne s'attachent guère au bonheur, du moins ceux que je connais, je n'y peux rien. »

Julia s'essuie les paupières du coin de son tablier.

« C'est peut-être que vous n'avez pas lu les livres qu'il faut, commissaire, ou que vous ne les avez pas lus avec attention. Il me déborde plein les poches, le bonheur, il m'englue les jambes, il m'avale. C'est trop, commissaire, et ça n'est pas normal. Vous le voyez bien, je ne sais pas quoi vous dire, il me gêne mon bonheur. Mais je dois être bien sotte à vos yeux. Mes idées se brouillent, et la tête me tourne, c'est comme si j'étais ivre du dedans… Voulez-vous entrer ? J'ai préparé pour vous… »

Elle se tait sur l'instant.

Il entre, le commissaire, et Julia le suit pas à pas. Une fois dans la cuisine à respirer l'odeur du bois qui flambe, il s'arrête, le nez en l'air, comme si de vastes horizons allaient à présent s'ouvrir devant lui. C'est la première fois depuis trois jours qu'il respire ainsi. Même qu'il ouvre grand la bouche pour mieux s'enfler les poumons, sans faire de bruit. Lorsqu'il est gavé, ce qui nécessite cinq bonnes minutes, il passe en revue le mobilier, les objets, les portraits, la bassinoire au-dessus du lit de l'Henri… puis il fait un pas ou deux, s'immobilise devant la cheminée, et le buste en avant, penché sur la table, il considère Julia qui s'assèche les mains aux parements de son tablier. Il la considère pour mieux la saisir, elle, son corps et son visage. Il la découvre comme au premier jour, mais sous la nuance neuve du souvenir, ou de la représentation qu'il s'en est fait à l'âge de dix ans, hier soir, enfermé dans la salle aux archives de la mairie. Car c'est hier soir, à la lueur d'une flamme, qu'elle lui est apparue, la vérité. Elle était toute menue, écrasée sous des piles et des piles de papier, à peine tenait-elle sur ses jambes, mais à force de travail et d'amour peut-être, il a su la fortifier. Il lui a donné le goût du vivre et de la mémoire. Il l'a prise par la main et l'a conduite jusque dans sa chambre où elle était encore ce matin, veillant sur son sommeil. Elle était légère, la vérité, elle était heureuse, loin des paperasses et des poussières de la guerre. Elle allait et venait dans la chambre, ouverte sur les montagnes et le pas d'Azuns. Mais cependant qu'il s'habillait, le commissaire, elle pleurait de bonheur sans qu'il s'en doutât, et pleurait encore lorsqu'il l'a rejointe au milieu de la cour, sans jamais l'avoir quittée, le bras en visière au-dessus des yeux pour se protéger du soleil et le front plissé.

Il écoute en silence, il écoute ce qu'elle ne lui dit pas, la vérité, il écoute sans répondre, et c'est à peine s'il hoche la tête de temps à autre.

« Vous ne fermez pas la porte ? », demande-t-il pourtant.

Bien sûr, cela n'a aucun rapport avec ce que la vérité lui murmure, mais il est commissaire. Et la conversation, le mystère, il entend les conduire à sa guise, ainsi que l'exige sa condition.

« Si… Si… », répond Julia.

Elle est troublée. On le serait à moins. Elle n'a pas l'habitude d'être observée de la sorte.

« Asseyez-vous, reprend le commissaire qui s'installe sur un banc. Je voudrais vous parler de choses que vous connaissez peut-être. »

Julia obéit, c'est presque naturel.

Ils sont assis l'un en face de l'autre.

Le commissaire a les fesses bien à plat, le regard franc ; mal à l'aise, Julia se contente d'un coin de chaise.

La table les sépare, sur laquelle sont posés deux verres et la bouteille de vin doux que Julia a omis de ranger après le repas. Figure également sur la table, entre les deux verres, un portrait jauni, pisseux – à croire qu'ils sont toujours ainsi les portraits, plus ou moins pisseux –, si vieux déjà qu'on y distingue avec peine le visage d'un enfant, une dizaine d'années, l'œil limpide et les cils recourbés, le nez légèrement aplati, les cheveux assez courts, taillés en cercle sur le front qu'il a bombé.

« Vous reconnaissez cet enfant ? », demande bientôt le commissaire.

Mais Julia ne répond pas.

La tête baissée, elle ne parvient pas à détacher son regard du sol qui la menace ; sans en chercher la raison, elle se sent comme écrasée par le cours des choses qui, depuis ces derniers temps, a pris une allure si nouvelle. Est-ce à dire que la Terre va cesser de tourner ? Que la porte refermée sur le jour ne se rouvrira jamais ? À présent, elle aurait tendance à le croire, malgré ce bonheur si vaste qui, il y a quelques instants, la tenait encore tout en larmes. Et puis voici que les lèvres du commissaire émettent à présent un son qu'elle ignore, des paroles qui n'en sont plus. C'est la confusion, la confusion dans la cervelle de l'oiseau qui redoute la vérité, cette vérité qu'on tente de lui imposer sans lui vouloir de mal, Julia s'en rend bien compte, mais à l'abri de laquelle, habituée au silence, elle s'est toujours sentie si bien.

« Vous a-t-on déjà montré ce portrait ? », insiste le commissaire.

Un signe de tête, rien qu'un signe.

« Non, répond Julia.

– Vous ne l'avez pas regardé, proteste le commissaire.

– Je vous assure, je ne sais pas qui est cet enfant.

– Pourtant, il s'appelait Francis.

– S'appelait… répète Julia, presque malgré elle.

– Oui, dit le commissaire. Il est mort le 3 janvier 1943, pendant la Résistance. Il y avait des Allemands à l'époque. Le pays était envahi par les Allemands. Cette époque vous ne l'avez pas connue…

– Je ne l'ai pas connue, non, répond Julia.

– Moi non plus, avoue le commissaire.

– Francis, vous dites ? Vraiment, ça ne me rappelle rien. »

Julia hausse les épaules, elle n'a pas conscience alors de la mine égarée qui marque son visage. Insensiblement, elle s'emplit de la chaleur du feu, une chaleur intense qui lui donne le courage de maintenir au loin, comme à bout de bras, ce qu'elle n'a pas envie d'entendre. Elle se lève, suspend un instant son geste comme pour reconnaître sa route, puis elle éclaire son regard au contact du jour qui passe les fenêtres. Une bouffée de chaud lui parcourt alors la nuque et le dos. Et bientôt, elle se dresse, étrangère à tout ce qui l'entoure et, déterminée, elle s'enveloppe les épaules de ses bras croisés sur la poitrine, serrant fort contre elle les pans de son tablier.

« C'est de cet enfant que vous vouliez me parler ? demande-t-elle enfin, manifestant malgré tout son intérêt.

– Oui, fait le commissaire. De ce jeune Francis, mort à l'âge de dix-huit ans, pour une cause troublante, au demeurant fort belle, c'est ainsi du moins que je l'imagine, mais troublante.

– Et que vouliez-vous m'en dire ?

– Qu'il vous ressemblait. »

Julia s'étonne :

« Est-ce là tout ? »

Le commissaire a repris la photographie : il la caresse du regard et du bout des doigts, comme une fleur de lune tombée du ciel, nimbée encore des poussières du temps.

« Non, je voulais aussi vous raconter son histoire, reprend-il. Une histoire décrite en quelques pages, et que j'ai découverte hier soir, dans la salle aux archives. Dommage qu'elle n'ait pas été signée, je l'ai lue comme au musée les peintures accrochées... Elle vous concerne tous, ceux de Lescun, de Cette-Eygun ou de Bedous, du Lhers ou de Garcet. Elle est pure comme une vérité jaillie des roches, rose-orange comme le couchant, elle a le sombre de l'ardoise. Elle me résonne encore aux oreilles, et elle ne m'a pas quitté de la nuit, comment vous dire, elle vibre encore et je crois bien qu'elle se poursuit dans la peur de se perdre, comme si vos montagnes n'étaient pas capables de mémoire... Elle était enfouie sous les paperasses, couverte de moisissure... Celui qui l'a écrite devait avoir un cœur splendide, fait d'amour et de honte. Peut-être pas de honte, le mot n'est pas juste, mais le sentiment exprimé ne doit pas en être très éloigné, car il y a de la confusion dans chacune des phrases. Une souffrance déguisée que je comprends à peine. Qu'il ne m'appartient pas de comprendre... Voilà, Julia, c'est de cet enfant que je voulais vous parler, de cet enfant que le pays tout entier a pris sous son aile, non qu'il fût plus beau ni plus intelligent que les autres, et qu'à force d'ennui il a conduit au chemin du grand large. Parce qu'on s'ennuyait à Lescun en 1943, et qu'il fallait un héros comme il en fallait alors partout ailleurs... Un jour d'hiver il a quitté une fille de chez vous pour un ultime combat, le sien ou celui des autres. De la réserve au bois qui n'est guère éloignée d'ici, il a marché jusqu'au gave qu'il a traversé en sautant d'une pierre sur l'autre, puis au-delà de Lescun, il a rencontré Raoul Bertram, Antoine Balaïte, celui dont on dit qu'il est fou, et Sébastien Itahoa. Avec eux, il y avait le Dr Cambo qui menait la troupe. Ils ont passé les montagnes, le pas d'Azuns, Sainte-Engrâce et le Grand Étroit. Le voyage a dû être terrible. Au retour, le lendemain, tard dans la nuit, il en manquait un à l'appel. Comme prévu. Le jeune Francis. À Lescun, comme partout ailleurs, ce fut un sacré coup qu'ils reçurent sur la tête, oui, pour eux le temps s'est arrêté en 43, ce fameux jour de janvier, parce qu'il fallait qu'il s'arrête. Alors ils ont pris conscience. Alors seulement ils ont su. C'est pourquoi l'histoire se limite à cela, comme si la vérité à ce moment était passée de la vie terrestre à l'éternité, à moins qu'elle ne se soit lancée à la poursuite de sa propre recherche... »

Elle a le dos à la fenêtre, Julia, et les yeux douloureux.

Elle demande, un tremblement dans la voix :

« La vérité, commissaire ? N'est-elle pas aussi votre affaire ? »

Il sait, le commissaire, qu'il n'échappera pas à la réalité des montagnes. Prisonnier d'un passé qui ne lui appartient pas. Mais qui vit en lui. Bien sûr, il a son métier, une enquête à conduire. Il songe à s'enfuir. Mais il se grise aussi. Ce doit être ça l'amour. Effacer le mal. N'en rien dire à personne. Il a envie de boire. Alors, il se verse un verre de vin doux, sachant que l'alcool ne changera rien à son appréciation des choses. Les désirs qui sont en lui. Les choses qui le déroutent. Qui l'entraînent. L'étouffent. Il répond simplement :

« La vérité, Julia... »

Puis il se tait.

Plus tard.

Le chapeau sur les genoux, la canne en travers sur la table, la mallette au pied de la chaise, le Dr Cambo a le cœur gros.

Il va mourir.

Mais s'il a le cœur gonflé de sanglots, ce n'est pas d'amertume, ni de lassitude. Car il ne s'ennuie plus, le docteur, il ne s'ennuie plus. Au contraire. Son esprit divague d'une rive à l'autre de sa vie, et ça occupe bougrement la vie. Il se dit qu'il aurait pu mieux la conduire, ou plus mal, virer à droite ou à gauche quand il a sagement suivi la route. Il envie les vieux sales, leur pourriture, le plaisir qu'ils ont parfois à remuer leur cul dans la crotte. Il a le goût de la mort sur les lèvres, un filet de salive aux commissures. Il songe à ceux qu'il aurait pu retenir. Aux vieilles laides qui traînent leurs carcasses derrière un fardeau lourd d'os et de fleurs fanées. Aux vivants qui s'étirent en longueur sous le fil du mystère. Il pleure sur son sort à les voir le quitter. Alors il parle, le docteur, le regard au ras de table, il parle à Julia qui ne dit pas un mot, au commissaire qui l'écoute, il chante des paroles absentes, un cri silencieux, un air qu'il improvise au gré de sa respiration, et c'est parce qu'il chante chez les Itahoa qu'il a le cœur si gros.

« Ce que Francis représentait pour moi ? fait-il. Il était tout, commissaire, et le plus étonnant c'est qu'il soit resté dans mon esprit, à cette même place, la première, de sa mort jusqu'à aujourd'hui. Trente ans ont passé, vous rendez-vous compte ? Je le revois encore, assis devant moi, comme vous deux, à regarder la transparence d'un jurançon. Il demeurait ainsi pendant de longs moments, puis il portait le verre à ses lèvres et buvait. Vous allez me dire qu'il n'y a rien là que de banal, qu'il en est bien d'autres comme lui, à dix-sept ans, à sombrer dans la rêverie sous la vision trouble d'un verre de vin. Vous aurez raison. Mais ce qu'il y avait de différent avec lui, ce n'était peut-être pas lui, ce garçon épris de beauté, mais le regard que je portais sur lui, un regard que je n'aurais porté sur aucun autre, je crois. Cette différence, je ne l'ai compris que plus tard, elle existait en moi depuis toujours, sans que je le veuille. Et il est probable que j'aurais vécu dans son ignorance, si certains événements n'étaient pas survenus si opportunément. »

Cambo s'arrête un moment.

Mais le commissaire, impatient, le presse de poursuivre :

« Que voulez-vous dire ? demande-t-il. De quels événements voulez-vous nous parler ?

– Lire dans le cœur d'un enfant, par exemple, reprend alors Cambo, puis le voir évoluer, grandir sans que son âme vous perde. Voyez-vous, commissaire, je crois que de sauver un gosse, cela peut marquer toute une vie ; pourtant, à plus ou moindre degré le souvenir s'estompe avec le temps, on en perd le détail sinon les traits les plus marquants. Mais de sauver un enfant nu, commissaire, un enfant qui, pour la première fois de sa jeune existence, prend conscience de son être, de son corps, qui se découvre et s'offre tout entier à la jouissance de la chair et aux caresses de l'eau – pensez-vous que ce soit un enfant ordinaire ? –, ça s'inscrit là, dans la poitrine, ça vous sillonne le cerveau, et ça vous fait mal de l'avoir surpris en extase, que ce fût pour son bien ou non. Ce jour-là, je l'ai effrayé. Je lui ai meurtri le cœur plus que ne le fit certainement la souche quand elle s'enfonça dans sa chair. L'ai-je vraiment sauvé ? Imaginez-le, debout sur les prés, sous un soleil de miracle, imaginez-le à huit ans, à l'abri des buissons, la tête ravie par le claquement de l'Aspe sur les galets. Il se déchausse. Il ôte son pull-over et dégrafe sa chemise, méthodiquement ; il se déboutonne, mais ce n'est pas le fait d'une seconde, non, les boutons s'échappent un à un, le pantalon s'accordéonne à ses pieds, et enfin il est nu, nu ou presque. L'air lui flatte la poitrine et les jambes, il pourrait s'en contenter, mais ce serait trop peu faire de son corps, alors il pose les mains sur ses hanches, il hésite, commissaire, puis il le baisse, son slip, lentement, lentement, comme pour mieux goûter un plaisir dont il n'a pas encore pleine conscience, mais qu'il devine pourtant. Il lève un pied, puis l'autre… Imaginez l'allégresse qui sera la sienne au contact de l'eau… Son cœur bat fort… C'est l'heure de sa première jouissance… Il entre dans l'eau glacée. Il pose les pieds sur des galets, à la recherche d'une roche assez plane qui puisse le recevoir tout du long. Il fait trois ou quatre pas. L'eau monte tout à coup jusqu'à son ventre. Il s'arrête, tremblant de froid. Mais il est tellement heureux, que rien, plus rien ne saurait lui faire rebrousser chemin, alors il avance à nouveau jusqu'à cette roche qu'il a remarquée, légèrement surélevée, sur laquelle il s'allonge bientôt… Je n'ai pas la prétention, commissaire, de vous décrire ce que peuvent être ses sensations. Elles sont uniques et n'appartiennent qu'à lui. Sa tête, rejetée en arrière, ballottée par le flot, va de droite et de gauche. Le courant glisse tout au long de ses flancs et de ses jambes, il lui flagelle les cuisses, et ce bout de rien du tout qu'il a là, qu'il découvre enfin, raidi par le froid, et qui, malmené par l'onde, ajoute aux morsures faites à sa peau comme une caresse insidieuse et tenace qui, sans discontinuer, lui pénètre les entrailles et lui assaille l'esprit… »

C'est avec ses vieilles mains qui tremblent que parle Cambo, des mains flétries qu'il agite devant ses yeux comme il dessinerait un portrait. Il parle avec son ventre, et Julia l'écoute.

« Ne m'en veuillez pas, commissaire, poursuit le docteur, d'insister ainsi sur les douceurs d'une vie qui fut brève, ne m'en veuillez pas d'avoir pour souvenir les délices d'un enfant. C'est qu'elles me manquent. Je les ai si peu goûtées. Et puis, je les ai tant blessées… Jamais l'occasion ne me fut offerte, à moi, d'atteindre à ce point le sommet du plaisir, à vous peut-être, je ne sais pas, peut-être fut-ce le cas pour toi, Julia. Tu ne réponds pas, Julia... Cela n'a aucune importance... Mais ce qu'il faut que vous compreniez, l'un et l'autre, c'est que j'ai sauvé un enfant, malgré lui, déjà il n'était plus sur terre, il atteignait le ciel, cet au-delà auquel j'aspire à présent...

– Vous l'avez sauvé, c'était là l'essentiel.

– Était-ce louable, commissaire ?

– Vous l'avez soigné.

– Était-ce une juste réparation du mal ? »

Le souvenir le conduit si loin, le docteur, qu'il se met à pleurer ; des larmes de peur coulent sur son visage, il se mord les doigts pour ne pas crier.

Creusez le sillon large qui vêtira le grain du manteau de chaleur... Votre vie s'amenuise, elle s'étire et disparaît déjà sous les brumes humides. Souvenez-vous. Vous ne pouviez me quitter jadis, l'absence était un crime à votre cœur, que vous ne pouviez m'imaginer dans les bras d'une fille. J'avais belle allure, pourtant, toute croupe à l'air libre à forniquer de jour et de nuit. J'étais enfant de fortune. Cambo se mord les doigts. Il se fait du mal, et il se noie, comme une main, paume ouverte, au-dessus d'un corps d'enfant balayé par le courant... *Pour un peu de vos larmes, couché sur un lit, je m'offrais à vous qui palpiez la blessure. Mon ombre vous fuyait pour mieux vous abrutir, et vous marchiez derrière elle, branlant sur vos deux jambes, prêt à crever, à vous mordre les lèvres comme aujourd'hui vous vous mordez les doigts, pour ne pas crier aux mille diables votre douleur. Alors, sous la lune, avec de bons compères, vos chers fantasmes, je vous donnais mon ventre à caresser, mes blessures à panser. Quoi d'autre ? Mon corps étendu que vous peigniez en rouge vermillon, comme une toile blême où s'inscrivait sous la seule pression de vos doigts l'indélébile empreinte de votre cœur. Dans les rues de Laruns, à la quinzaine d'août, vous demeuriez sous le porche, les paupières mi-closes, vous me regardiez la main sur la braguette…* Il s'épuise, le docteur. Il s'enfonce, à bout de résistance, se liquéfie. Le courant lui siffle aux oreilles. Il se raidit. Des sons rauques sortent de sa gorge… *Fallait-il ainsi, parce que vous m'aimiez trop, que je vous haïsse à ce point ? Que je me livre, sous vos yeux blessés, à ces filles qui, le temps d'une rencontre, me proposaient la chaleur de leur corps, puis m'abandonnaient pour un autre ? Qu'espérais-je alors ? Même ici, où je suis, parfois je me le demande encore. Vous détruire ? Vous rendre seulement jaloux ? Ou me débarrasser de cette ombre, la vôtre, que je sentais continûment peser sur mes épaules. Si vous saviez, docteur, ce qu'alors vous représentiez pour moi. Tout ce que j'avais en horreur, j'imagine. L'aurais-je pu, en aurais-je eu le courage, je vous aurais serré la gorge jusqu'à ce que vous rendiez l'âme. Parce que je me croyais prisonnier, constamment surveillé, ne supposant pas un instant, trop jeune et trop fou, que ce que vous me donniez, c'était votre protection, cet amour excessif, si peu banal, mais finalement si pur. Je vous haïssais, docteur, je vous haïssais de ne pouvoir aller seul…* Cambo s'effondre, agité de hoquets. Éclate la toiture, s'écrasent les murs autour de lui, pour un désert calciné et des cendres en voltige. Puis il pleure tout bas, silencieusement, pour qu'on ne l'entende plus. *M'écoutez-vous, docteur ? Vous ne m'écoutez plus… Mais tout cela n'est que rêve, farce ou illusion, vous le savez aussi bien que moi. Maintenant, il est temps d'ouvrir les yeux et de chanter encore :*

« C'est alors que ma paupière
Vous vit pâlir et mourir,
Tendres fruits qu'à la lumière
Dieu n'a pas laissé mûrir ! »

Tout redevient clair, dans le présent comme dans le passé. Ici, je m'ennuie, que voulez-vous ? Les gens ne sont plus aussi gais, c'est bien normal, ils ont perdu leur allant. Alors, laissez-les donc en vie, laissez-les donc en paix. Car c'est de vous que je me languis, docteur, uniquement de vous, et point des autres d'Eygun, de Lescun ou d'ailleurs, et surtout pas de ces malheureux qui n'en finissent pas d'attendre la fin des jours, recroquevillés dans leur lit… Encore un effort, docteur, c'est vous que je veux. Prenez cette main que je vous tends encore. Faites un effort, je vous en prie, avant que je ne sois obligé de me taire et que la honte, comme un drap, ne m'impose le silence. Car ils sont cruels tous ces morts autour de moi, ils finiront par ne plus me croire, ils me montreront du bout de l'âme comme on le fait d'un doigt tendu. Venez et dites-leur la vérité des montagnes. Prenez ma main et dites-leur que vous me vouliez un grand homme. Venez, et chantez avec moi, nous irons dans les bois par-dessus les nuages, vous m'apprendrez à aimer, vous me lirez le nom des plantes et la vie de l'isard, du renard, du gypaète, comme vous le faisiez autrefois, vous me parlerez de Julia… Ma Julia… Est-elle belle au moins ? À qui ressemble-t-elle ? À Prisca ?… Et puis dites-lui… Dites-lui que j'étais un grand homme. Pas lâche. Non, pas lâche. Un grand homme… N'était-ce pas votre souhait ?… Que je sois quelqu'un…

Il se lève, Cambo. Ne montre pas son visage. Il fait le tour de la table. Il se dirige vers la resserre où sont les bûches. Il souffle sur les braises. Une épaisse fumée s'enlève. Les cendres se dispersent. Puis une flamme apparaît soudain qui s'accroche au bois sec et s'étale.

Bientôt, il se penche sur la chevelure de Julia. Il la caresse du bout des doigts, il se penche lentement et, les yeux fermés, s'en approche pour la respirer. Comme en prière. Il lui soulève de longues mèches qui flottent un instant, puis lui retombent sur les épaules.

« Il m'outrageait, murmure-t-il. Il m'injuriait, il me provoquait. Je ne le comprenais pas, je le comprenais mal. Comme tu lui ressembles, Julia… Il est devenu quelqu'un de grand, tu sais, quelqu'un qu'on n'oubliera jamais. Qu'il ne faut surtout pas oublier… Un jour, il s'est abandonné pour moi, pour nous tous, pour des médailles illusoires, mais c'était un faux pas… Lève la tête, petite, lève la tête… C'est vrai que tu lui ressembles et que tu souffres comme lui, sans rien dire… Tu devrais aller voir ta grand-mère, la Célestine, elle t'attend depuis si longtemps. Ça lui ferait tant plaisir. »

Ce disant, Cambo a posé son chapeau sur le sommet de son crâne et la canne sur son avant-bras gauche. De la main droite, il prend sa mallette. Puis il s'avance vers la porte.

« Je vois bien que tu as le sang de ton père, Julia. Le jour viendra où, toi aussi, tu haïras le pauvre bougre qui t'aura sauvée sans que tu le veuilles. Ce sera ta manière à toi de le remercier et de lui dire : je suis heureuse d'être avec vous, je suis heureuse de vous avoir écouté. C'est toujours ainsi. Avoir trop de bonheur est un mal étrange et qui torture. Ne dis pas le contraire, je ne le sais que trop, et je le paie cher aujourd'hui. Sais-tu pourquoi ? Parce qu'entre l'amour et la haine il existe si peu de différence, vois-tu, qu'on peut parfois ne pas la discerner, ou n'avoir pas envie de la distinguer. C'est ce que j'ai fait tout au long de mon existence. Quelle erreur ! J'ai vécu dans l'amour des autres alors qu'ils me haïssaient. J'ai marché dans la nuit noire, tout seul, comme un infirme. Tous, ils m'ont dupé… Alors, si tu as envie de me haïr parce que j'ai peut-être tué Sébastien Itahoa, ou parce que je t'ai dit, un jour, que ton père n'était pas seulement un superbe gamin, mais aussi un grand homme, ne t'en prive pas… M'accompagnerez-vous, commissaire ? Nous pourrions marcher ensemble, ce serait plus aisé pour moi, surtout que la route est rude dans ces foutues montagnes.

– Je vous accompagne, dit le commissaire.

– À moins que vous ne préfériez tenir compagnie à Julia.

– À dire vrai, c'est vous que je voulais rencontrer aujourd'hui. »

Un sourire de malice transparaît sur les lèvres du docteur.

« C'est bien pour ça que mes pas m'ont guidé jusqu'ici, commissaire. »

À présent, Cambo est dans la cour, sous le ciel éclatant que pas un nuage ne trouble, il respire profondément, comme au petit matin devant sa fenêtre ouverte. Il sait qu'il va mourir et que le commissaire n'y pourra rien.

IV

SUR LE CHEMIN QUI CONDUIT à Lescun et traverse le gave, les deux hommes marchent l'un derrière l'autre, le docteur donnant de la canne sur l'herbe et le commissaire, les mains dans les poches, tirant à larges bouffées sur sa pipe.

Le docteur est en paix.

Délivré d'une charge inutile, il bombe le torse, gaillard il redresse les épaules, il s'amuse avec la terre, avec les arbres, avec des fleurs qui se balancent au gré du vent, attentif il écoute derrière lui le pas du commissaire, un pas ample et sûr, il l'imagine, le col dégagé, la cravate défaite, l'œil braqué sur sa nuque, il se dit, amusé : il m'écoute.

Il est en paix, Cambo, car le voici qui respire, il s'enfle les poumons, il s'abreuve du spectacle dont il est le centre, le cœur vivant depuis trente années. L'orage, c'était lui. Le vent de chaleur, c'était lui. Les arbres calcinés, le silence, les cendres, le petit monde de Lescun, sans raison ni temps, c'était encore lui. Et parce qu'il avait tout pouvoir sur les hommes et leurs montagnes, aujourd'hui il leur procure une seconde vie, d'un seul geste il leur accorde la pensée, la faculté d'être, il irrigue les veines de chacun, il est le Créateur... C'est bon d'être Dieu au moins une fois dans sa vie.

Au niveau des champs clos, les haies d'épines exhalent le suave des fleurs éclatées de la veille. C'est vrai que le printemps renaît. Il pare le cirque de perles neuves, les glaciers dans le lointain se dispersent en filets d'eau, le gave a le reflet des eaux chargées. Non loin de l'endroit où s'arrête le docteur, Isabelle Isturigues sort de la bergerie, les bras débordant d'herbe sèche, fauchée l'automne dernier. Derrière elle, les agneaux de l'hiver s'attroupent frileusement. Ils ont l'oreille vive et le museau timide. Encore un mois ou deux, et la porte se refermera sur eux ; ils s'en iront avec leur mère rejoindre le gros du troupeau. Parfois, sur la route longue et brûlante, ils gémiront, l'œil morveux, la peur les saisira de découvrir le monde. Mais ça ne durera pas. Ils auront tôt fait de s'apprivoiser. Alors, ils s'élanceront vers le ciel, ils gagneront les estives, et la montagne inconnue leur donnera la nourriture, et l'eau, le goût du risque et la crainte un beau jour de mourir. Car il y a de la mort dans les yeux des moutons.

Isabelle éparpille le foin ; avec une fourche elle arrache à la meule de fougère les charges rousses qui serviront de litière. Elle se redresse et se tient les flancs. Sa robe est longue, ourlée de rouge. Elle ajuste sur sa tête un fichu de coton. Les agnelets se pelotonnent autour d'elle. Elle les chasse d'un cri. Elle se remet à l'ouvrage. L'esprit vide de pensée.

À mi-chemin du village, le sentier croise un pont de bois où le gave fait un coude brusque vers le nord. Les ornières creusées par les chariots de passage sont inondées, les touffes herbeuses fouettées par le courant, les vrilles du vent. Le docteur s'arrête, le visage au couchant, il s'adosse au tronc d'un frêne, puis il regarde pensivement le paysage dont il n'ignore aucune ombre. Ainsi, la tête posée sur l'écorce rugueuse, il s'absente au caprice du temps qui martèle les heures, accentue l'âge indéfini mais lourd aux épaules, de sa carcasse vide. Il compte sous la rêverie des montagnes, droites rigides et faisceaux lumineux du cristal taillé, les reflets du gave par centaines, les touffes grasses des genévriers, les fétuques qui tremblent et les vents qui se plissent au contact des granits aigus ou des aplats de roches mauves. Le cirque, isolé du reste du monde, planète à lui seul, planète excessive, abusive et stable, comme un cercle fermé d'univers, flotte sous le ciel, suspension de molécules infimes, agrégat de terre fertile et de roches. Et le monde autour de lui qui dort, tourne les heures sans l'atteindre, bercé d'ignorance.

Là-bas, en France... songe le docteur.

Et songe encore qu'elle n'est pas si éloignée, la terre qui les gouverne, ceux de Lescun, du Lhers ou de Garcet, mais qu'elle n'a plus rien à leur dire. Ils existent, ils se pelotonnent le soir au coin d'un feu de bois sec, ils se racontent des histoires, des histoires à leur mesure qui font danser les sorcières en sabbat sous les replis de terre, jaillir les géants sous l'écume rose des chutes d'eau, ils existent pour eux-mêmes et les histoires qu'ils inventent n'ont de sens que pour eux, issues du fond de leur être, pétries d'eau et de boue elles ont les parfums intimes d'une chambre au plafond miroir étoilé d'azur, tendu sur les cimes. C'est un vaisseau, toutes voiles au vent qui file en courbe souple sur une nappe d'air. Il a ses règles, le cirque, il a ses jeux, ses lois cruelles, et les hommes sur la piste, modelés, travaillés comme glaise, le respire et l'expire comme leur propre chair.

« Vous m'arrêtez, commissaire ? »

Le docteur s'est assis sur l'herbe, il a sorti les mains de ses poches, et le voici, l'homme de là-bas, qui se mêle à la terre, y enfonce les doigts, puis la goûte à en vêtir ses lèvres d'un manteau de saveur.

« Je n'ai plus rien à faire ici, docteur Cambo. »

Parce que le temps d'ici n'est pas le même, parce que les aiguilles du clocher ont été prises un jour dans la glace de l'hiver, parce que la rouille, à sa manière, a travaillé le fer, les roues dentées, les mécanismes agencés, jusqu'aux vapeurs des cascades suspendues comme étoiles au plafond, ramassées, mises en sac et perdues de vigueur. Alors, le commissaire, la bouche terreuse et dans le regard une luisance minérale, se lève.

« Tout ça ne me regarde pas, fait-il.

– Pourquoi ? demande le docteur, machinal.

– Je respire le même air que le vôtre.

– N'a-t-il pas le goût du sang ?

– Le goût de l'amour, docteur. Le goût de l'histoire qu'on peut écrire soi-même, en se disant : je n'y suis pour rien, mais qu'on modèle à sa guise, en dépit du destin. Moi aussi, je veux écrire votre histoire, participer du langage des pierres, de la glaise qui est aussi le cœur de cet isolement... Étendu, nu sur la terre, l'eau me fouettant les jambes et la pluie me travaillant le corps au ciseau, je dormirai... »

Le commissaire marque un arrêt, il suit distraitement le vol inégal des moucherons, comme un nuage perdu sous les épines, puis il se retourne vers Cambo et reprend vivement :

« Non, docteur, pour les gens d'ici je ne suis qu'un étranger, pas même de la vallée d'Aspe, mon pays est ailleurs et ma loi... Il y a de la confusion, voilà tout, une sensation trouble que je réprouve et qui n'est pas vraiment dans ma nature, mais contre laquelle je n'ai guère l'envie de lutter. Une sensation qui ne s'exprime pas avec des mots, vous le savez bien, que vous-même ne pourriez pas m'expliquer, pourtant que l'on aime car elle est puissance, création, solitude aussi comme si le sentier derrière nous s'effaçait au fur et à mesure qu'on avance... Un art de vivre en quelque sorte. Ce soir, après un dernier travail aux archives de la mairie, j'irai à la veillée de Lescun, au café... Vous y viendrez aussi ? »

À ce moment, sur l'herbe rase, passe l'ombre d'un oiseau.

« Un gypaète, dit le docteur. Un oiseau de charogne au-dessus des troupeaux. Un mouton qui pourrit dans un coin de verdure, une brebis égarée, morte sur les caillasses, ou le cadavre d'un homme. C'est la vie quotidienne au cirque de Lescun. »

Il hésite, puis il ajoute :

« Vous êtes un curieux homme, commissaire… Pensez-vous vraiment que je ne sois plus capable de tuer ?

– Si je le pensais, je vous aurais arrêté.

– Alors, pourquoi ?

– Parce que votre histoire, je la connais.

– Les archives ?

– Entre autres choses, dit le commissaire. Oui, toutes ces archives que j'ai déchiffrées, mais pas uniquement.

– Et ça vous travaille à ce point ? Que la mort ne vous effraie pas ?

– Je ne vous demande pas de me comprendre. »

Il mordille un brin d'herbe, le commissaire, il regarde le cirque, il se retourne, à la fois calme et résolu.

« Peut-être aussi parce que je ne me comprends pas moi-même, ajoute-t-il.

– Et si jamais cela s'apprenait ? s'enquiert le docteur.

– Alors, je démissionnerais… Mais il y a peu de chance, à moins que je ne raconte moi-même votre ardeur à vous détruire et que ça ne parvienne jusqu'à des oreilles intéressées. Mais quand bien même cela arriverait-il, qu'il leur serait préférable de rester sourdes.

– Ce qui signifie ?

– Que vous n'échapperez pas au cirque, docteur. Parce que le granit se resserre autour de vous, parce que vous lâcherez prise un jour ou l'autre… Oui, un jour ou l'autre, demain peut-être si votre dernier crime est pour ce soir, qui sait ? Alors, nous vous ferons la chasse, et je mènerai moi-même les paysans, les bergers, tous ceux qui voudront bien me suivre. Par-delà les montagnes nous serons à vos trousses, et nous vous acculerons sans plus songer à rien qu'à vos actes criminels. Parce que c'est au prix de la mort qu'on achète le silence. Vous n'en êtes pas d'accord ?

– Un prix bien élevé, commissaire.

– Mais qui ne vous a jamais fait reculer…

– C'est vrai », consent le docteur.

Il a un sourire triste, mais tout au fond de lui du plaisir.

« C'était donc là votre abandon, remarque-t-il.

– Je vous l'ai dit. Je respire le même air que le vôtre, il a le goût de l'histoire qu'on peut écrire en se disant : je n'y suis pour rien, mais qu'on façonne à sa guise, comme la glaise… Votre histoire, parce qu'elle est aussi la mienne, je veux la pétrir de mes doigts.

– Mais vous serez toujours un étranger, pour ceux de Lescun. Vous le disiez tout à l'heure.

– Alors ils me la raconteront.

– Et ça n'est qu'ensuite que vous l'écrirez ?

– Ensuite, oui… Ou peut-être jamais… Tout dépend de vous…

– J'irai donc à la veillée, commissaire… Et après ?

– Après ?

– Nous verrons bien. »

Ils se sont séparés.

Le docteur s'avance au long du gave, à travers les prairies bordées de haies vives ou dans les champs labourés. La terre à ses talons s'accroche en mottes grasses. Il peine. Par instants, il s'arrête, lève la tête et regarde autour de lui comme pour mieux s'assurer de la route à suivre, puis il repart après s'être décrotté les semelles à la rugosité des pierres. Le sentier chemine longuement sous le branchage de hêtres aux entrelacs saliveux. Quelques filets de brume glissent sur le gazon feutré.

Quand il arrive au sommet de la croupe, dernier rempart avant la forêt, le soleil au plus bas inonde le cirque d'une clarté soyeuse. Un vent d'orage soulève les brindilles et les feuilles mortes du dernier hiver. Des nuages s'amoncellent au-dessus d'Azuns, chargés de nuit ils effacent au lointain les estives et, par-dessus, la muraille granitique de l'enclave.

Bientôt, le docteur pénètre dans la forêt.

C'est le corps humide d'une femme qui vibre en ses profonds secrets. Un corps minéral. En attente. Où pas la moindre feuille ne bouge. Une immobilité fébrile qui ne présage rien de bon. Que le soleil déchire en à-coups d'ombre. Aucune autre lueur. Aucune autre fumée. Nulle part la moindre trace de vie. Pourtant, il marche, le docteur… *Et nous marchions ainsi, sans jamais nous retourner. Parfois, la sueur au front, je vous demandais si je pouvais ôter ma chemise. Vous me répondiez que je pouvais l'enlever, et je l'ôtais. J'allais en avant. Je courais en tous sens et vous, vous couriez derrière moi. Je me souviens qu'à l'époque vous portiez des chaussures blanches et souples, en toile blanche comme personne n'en portait à Lescun. Vous, vous aviez des chaussures, un pantalon serré à la taille, une ceinture en vrai cuir avec une boucle qui brillait, comme n'en avait pas mon père, ni les autres de Lescun. Je vous demandais si je pouvais grimper aux arbres. Vous me répondiez que oui, mais à la condition toutefois de ne pas monter trop haut, à cause de ma blessure. Alors je grimpais…* Il marche, le docteur, et le bois craque sous la fermeté de ses pas… *Nous nous promenions ainsi pendant des heures, au long de la rivière, ou comme ici, dans la forêt. Jamais je n'aurais osé m'aventurer si loin. Mais avec vous, c'était pas pareil. J'étais tranquille, je ne risquais rien. Je demandais : Vous avez peur ? Vous me disiez que non, que seuls les enfants ont peur, mais qu'en grandissant ils apprennent le courage. Que plus tard, comme vous, je n'aurais plus peur de la forêt. Que j'aurais le courage en moi, comme vous, comme mon père et les autres de Lescun. Alors je courais plus vite, et plus vite encore, et je me disais qu'un jour je serais seul dans la forêt, seul, mais avec le courage… Plus tard, quand venait l'heure du goûter, nous allions à la recherche d'une clairière ; parfois, ça durait des minutes tant la forêt s'épaississait au fur et à mesure de notre avance. Je demandais si vous aviez faim, ou si vous aviez soif. Vous répondiez que oui, mais que vous connaissiez un endroit, pas loin d'où nous étions, où les arbres se clairsemaient suffisamment pour que nous nous y installions. Je posais le panier par terre. Il y avait des œufs durs, du jambon, du fromage frais de brebis et puis du pain, un bon quart de miche, une bouteille de vin doux. Le vin, maman l'allongeait toujours d'un demi-litre d'eau. Ça désaltère mieux, disait-elle, avec un peu d'eau. C'est pour ça que le vin avait cette couleur d'ambre qui vous faisait rire. Alors, stupide à vous regarder rire, je vous demandais : Pourquoi vous riez ? Vous me disiez que c'était à cause de ma mère, qu'elle était drôle, gentille aussi. Et je riais avec vous. Parce que maman était drôle…* À la première clairière, le docteur s'arrête. Il prête l'oreille. Il reprend son souffle. Son cœur bat très fort, comme sous l'emprise d'une émotion. Même qu'il a de la sueur sur le front… *Nous allions à la grande cascade, à l'aplomb de l'aiguille d'Ansabère, une chute de vapeur qui nous trempait jusqu'aux os. Je m'arrêtais à une vingtaine de mètres, peu avant le pont, puis je vous demandais : Je peux me baigner ? Vous me disiez : Oui. Alors je me déshabillais et je me trempais dans l'eau. Elle était froide. J'aimais son contact froid et lisse sur mes jambes. Puis, je vous demandais : Vous ne vous baignez pas avec moi ? Un moment, vous paraissiez surpris. Mais vous me disiez bientôt : Oui, oui, j'arrive tout de suite. Derrière un massif, vous posiez vos affaires à côté des miennes, vous marchiez sur la pointe des pieds, à cause des épines ou des cailloux pointus, c'était amusant de vous voir tout nu, sur la pointe des pieds, les bras écartés. Vous disiez : Aïe ! Aïe ! Et moi, je riais… Parfois, en bordure des sentiers, je voyais de gros champignons blancs, comme des galets, mais plus blancs que les galets. Alors je vous demandais si c'était des mauvais. Vous me disiez que oui. Je vous demandais : Pourquoi ils sont mauvais ? Vous me répondiez : Parce qu'ils sont mauvais. Et je vous demandais : Je peux les emporter ? Et vous me disiez, avec une pointe d'agacement : Non, il ne faut pas y toucher. Alors je les laissais, alors je n'y touchais pas. Parce que vous m'aviez dit non. Et je riais encore…* Cambo se trace un sentier parmi les fûts obliques, ses chaussures s'enfoncent dans la terre, il joue des coudes et les branches sur son passage, comme des cordes d'arc bandé, cinglent l'air, mais il a son chapeau sur la tête, la canne au bras, et sa mallette toujours à la main, tant pis s'il est crotté. Et puis, devant lui, comme une vaste clairière, voici l'aire du bûcheron, les copeaux épars, tout saliveux de résine, les troncs entaillés, l'écorce brune en plaques longues et rugueuses, les nœuds baveux, comme un air de fête au parfum délicat, une danse troublante au rythme de la hache. Il frappe, le Bertram, il frappe l'écorce d'un géant, le dernier qu'il terrassera ce soir, puis il en attaque bientôt le cœur. Sous le tissu tendu de sa chemise, se bandent les muscles de son dos, et ses reins sur les jambes écartées au rythme de la hache oscillent de l'avant vers l'arrière… *J'aimais cet air de fête, j'aimais respirer la résine… Parfois, près d'une souche, je m'asseyais, silencieux, et comptais les gouttes résineuses, puis je les écrasais comme un onguent sur les blessures. Alors, pour vous faire enrager, je vous disais : Plus tard, je serai bûcheron, et je serai fort comme les bûcherons. Mais vous, les sourcils froncés, vous me disiez que je ne serais jamais bûcheron, qu'il faut avoir l'âme rude et solitaire pour faire ce métier-là. Que je serais berger, plus tard, et aussi qu'on parlerait de moi... Alors, je ne riais plus, je ne comprenais plus ce que vous me disiez... À l'heure du repos, les hommes s'allongeaient à même la terre, certains s'éloignaient, baissaient leur pantalon dans un coin, et j'avais soudain envie de faire comme eux. D'autres s'endormaient en même pas une minute, sans avoir pris le temps de se soulager, allongés sur le dos et leurs deux mains réunies sous la tête, comme un oreiller de plume. D'autres encore, avant de se laisser prendre par le rêve, se donnaient du plaisir, la main dans leur culotte. Je vous demandais : Qu'est-ce qu'ils font ? Vous me répondiez : Rien, ils ne font rien d'intéressant. Alors, je les regardais faire. Puis je pensais à autre chose. Je soulevais une hache. Et je vous demandais si ça coupait une hache. Vous me répondiez que oui, que je n'avais qu'à poser le doigt sur le fil du tranchant pour m'en rendre compte. Je vous demandais encore si ça pouvait tuer quelqu'un. Vous me disiez que oui, et que des reines et des rois avaient été tués à coups de hache. Alors, je vous demandais pourquoi on avait tué des rois et des reines à coups de hache. Vous me répondiez, agacé, qu'on les avait tués parce qu'on les avait tués. Et que ça ne me regardait pas... Alors, je n'avais plus aucune envie de rire...* Dans un fracas de branches rompues l'arbre s'abat enfin. Le Bertram s'essuie alors le front du revers de la main. Il renifle, le Bertram, il crache la poussière. Puis il se prend les reins, la tête en arrière, il soupire, l'œil satisfait. Bientôt il pisse, direct sur la souche... Derrière lui, Cambo, une hache à la main, qu'il soulève au-dessus de sa tête... Il se retourne, le Bertram, content, la main toujours sur sa braguette, foutus boutons ! Il salue d'un geste, il ne comprend pas... Le Francis, bon sang, c'est du passé... C'était la guerre, docteur, c'était la guerre... Trente ans déjà... Il veut parler... Mais il ne parle pas... Il s'écroule, le cul sur la souche... Le crâne fendu... Saigné comme un lapin, le Bertram... Une large entaille jusque sous la ceinture... Tout ça sans un bruit... Le docteur, immobile... Qui se baisse, s'agenouille... Les mains dans le sang du Raoul... Puis qui s'éloigne... L'air égaré de quelqu'un qui ne saurait plus où il est. *Sur le chemin du retour, j'avais souvent de la tristesse. Alors je ne courais plus en avant, sage et derrière vous je mettais les pieds dans les traces de vos pas. C'était pas très facile, je m'en souviens. Parce que vos enjambées étaient celles d'un homme. Mais j'essayais tout de même, en sautant. Quand le sentier faisait un coude brusque, vous disparaissiez derrière les arbres. Alors je me disais : Peut-être, je le perdrai pour toujours, peut-être un jour il ne se promènera plus avec moi dans la forêt. J'en étais malheureux. Aussi, je vous appelais bientôt : Docteur Cambo ! Docteur Cambo ! Eh quoi, Francis, me répondiez-vous, tu as peur ? Alors je vous demandais : Vous serez mort, bientôt ? Vous me disiez que non, que vous aviez le temps d'y songer, mais je sais que c'était pour me faire plaisir. Alors je vous demandais : Et moi, je serai mort aussi ? Vous me répondiez que moi je ne mourrais jamais, que vous seriez là, toujours, pour que je ne meure pas. Alors, avec la peur de vous perdre, la mort s'envolait... Comme tombait la fraîcheur au soir d'août, je renfilais ma chemise...* Il marche, le docteur, il respire, mais sa respiration est courte, comme sous l'emprise d'une forte émotion. La route est rude vers Lescun, et déjà sonne l'heure de la nuit, l'écho des cloches. L'angélus. Le Balaïte à ses côtés lui fait reproche d'une triste besogne. Non pas qu'il la répugne, il la croit juste au contraire, elle chante la raison... Mais ça n'était pas à toi, docteur, autant te le dire tout de suite, ça n'était pas à toi d'y tremper la main. Tu comprends, docteur, je suis ton âme noire, moi, je suis du Baretous, je dors le béret sur la tête, on ne m'adoucit guère, alors il fallait me le demander. J'aurais pas refusé, pour sûr, tu sais bien que je n'aurais refusé ni pour l'un ni pour l'autre. Nous sommes de la même eau, docteur, toi la science, moi le Basque. On ne m'aime guère. Mais tu n'es pas des leurs non plus. À cause des études. Ça coupe les racines, les études, ça éloigne les cœurs… Tu n'as pas confiance ? Je sais. Tu fais la mauvaise tête. Tu te dis : sacré con ! Le Balaïte aussi, il était là et, maintenant encore, il pourrait bien parler… Mais je me tairai… Pour toi… Pour eux… Pour qu'ils aient une histoire à se raconter… N'empêche que tu l'as bien réveillé, le gamin… Avec l'Itahoa… Avec le Bertram… Reste plus que nous deux, moi pour t'aider, toi pour foutre ton camp… Tu n'as pas besoin de causer, docteur, je serai là. Comme en 43. Tu te souviens ? Pas un seul n'a parlé. Ni le Bertram ni l'Itahoa, rien, motus. Mais le temps a passé. À présent, je le sais, le gamin s'ennuie après toi, et de nous voir trotter comme des poux sur cette terre ça ne lui suffit plus. Et toi, tu te languis aussi de lui. C'est bien normal. Alors, à quoi bon t'en empêcher ? Dis-leur adieu à tous, à tes montagnes, à tes chaussettes, adieu à tes malades, à tes vieux, à tes moutons... Adieu à moi aussi, docteur... Il s'éloigne, le Balaïte... Il disparaît... Il a disparu... Après les pentes herbeuses et le ressaut d'une source d'eau vive, le docteur s'assoit sur une croupe rocheuse, le dos tourné au village. Il s'absente à la rêverie des étoiles... *Après une marche longue, au détour des baliveaux, la ferme de Parempuyre dressait son pignon gris, comme un masque de lune. Alors je courais après vous. Je vous prenais la main. Nous rentrions ainsi, vous le maître et moi l'enfant. Au milieu des gamins attroupés, jaloux de notre intimité, vous me serriez fort contre votre poitrine. Bientôt vous partiez. Bientôt je pleurais. Une prière au bon Dieu, docteur, une prière pour un dimanche l'autre...*

Le village est maintenant tout silence. Après avoir médité longtemps, Cambo a fini par se décider. Il a ramassé sa canne et il s'est relevé. Et une fois relevé, il a pris sa mallette qu'il a fourrée sous son bras comme il aurait fait d'un trésor, puis il a repris le chemin du village et, une fois dans le village, celui du café de la place où le commissaire est supposé être. Le commissaire et bien d'autres, en fait. Parce que ce soir, la salle déjà bien enfumée n'a jamais accueilli autant de monde. Cambo ne le sait pas encore. C'est à croire en tout cas que les gens d'ici n'ont jamais eu aussi soif qu'aujourd'hui. Parce qu'ils boivent bien, ce qui plaît assez à la patronne, et parlent fort, tandis que le commissaire, l'air de rien comme à son habitude, mais cela ne perturbe plus personne, les écoute vivre à leur façon, comme on peut vivre en cercle fermé. Et puis, brusquement, comme nul ne semble y penser, la porte s'ouvre sur une goulée de froid. Alors, chacun se tait, mais tous se regardent. Qui donc ose ainsi les troubler ? Cela n'a pas de sens. Mais, dans le même temps, tandis qu'ils s'interrogent encore, l'homme qu'ils aperçoivent dans l'embrasure de la nuit ne les surprend nullement, bien au contraire. Il y en a même qui se lèvent, comme pour mieux être sûrs. Des fois qu'ils soient pris de berlue. Mais non, c'est bien le docteur. Il a les mains sales et ses chaussures sont crottées. Debout, immobile, il sent sur son visage, essentiellement sur ses joues, s'enfuir au-dehors la chaleur de la salle, cette chaleur humaine qui a tant occupé son existence. Et comme tous l'observent, lui aussi les regarde, presque un par un, alternant ceux de droite et de gauche, s'intéressant un peu plus à ceux qui, il le sait, sans l'espérer vraiment, se doutaient tout de même qu'il viendrait. Ceux-là, le docteur les regarde plus longuement, on croirait même qu'il leur parle rien qu'avec les yeux, comme s'il leur disait : « Voilà, c'est fait, maintenant on peut y aller. À quoi bon tarder davantage ? Plus vite ce sera fini... » À un moment, une sorte de sourire s'esquisse autour de ses lèvres. Il ne fait pas le bravache, non. Mais le commissaire, dans son coin, comprend ce que cela signifie de soulagement, presque de joie pour le docteur. Il le comprend comme un signal. Alors, le docteur se retourne, il a sa canne à la main, sa mallette sous un bras, puis il ferme la porte du café et s'enfonce à nouveau dans le noir.

Épilogue

I

La Célestine est morte hier soir.
Certains diront : morte de chagrin. D'autres : de vieillesse…

Peut-être.

Allez savoir.

À toute heure de la journée, et parfois dans la nuit, je marchais dans les rues, le regard droit devant. Pour tout dire, en ce lieu d'exception, je considérais la vie. À travers mes sensations. Selon ma profondeur. J'allais vers un but précis, du pas régulier d'un promeneur. Des sentiers les plus étroits, je suivais l'exact cheminement. Au milieu des forêts, je ne me retournais pas. Même quand le bois mort craquait derrière moi. Non plus, je ne hâtais le pas. Je connaissais mon affaire, mais n'en disais mot à quiconque. Un peu farouche. Sournois, peut-être. Mais j'étais commissaire.

Je.

Ou la perte soudaine de l'anonymat.

On dira : c'est une faiblesse.

Je dirai : C'est une larme versée... Parce qu'elle est morte, la Célestine, et que je lui dois tout encore.

Les années ont passé.

Après la mort de Cambo, je suis resté à Lescun. Deux mois. J'avais alors une ambition terrible. Tout d'abord, les connaître. Mais parce qu'ils ont en Béarn le tutoiement naturel, ce ne me fut guère difficile. Puis leur offrir ma passion. Mes pulsions à fleur de peau. Ma chair. Comme écrivain de leurs montagnes. Ou témoin véritable de leur éveil.

Seulement, le pouvoir m'en a bientôt échappé ; au fur et à mesure que le temps s'est écoulé, j'ai senti mon rêve de légende se diluer dans le plasma, comme une réalité fluide, car on ne traite guère, à moins d'ethnologie, des caractères humains, de la formation des corps à partir de la glaise la plus pure, si l'on n'est soi-même molécule de glaise. Poursuivre l'ouvrage aurait été leur procurer à ceux de Lescun une source d'espoir, d'espoir indescriptible, et mon travail, au-delà des mots, des pleins et des déliés, se serait alors mué en une quête intangible... Après une nuit de veille, je m'en souviens, je n'ai pas pu supporter leurs mains tendues, ni leurs yeux fatigués ni leur soif. Moins encore le silence de leur discrétion.

J'ai craint de les décevoir, voilà tout.

Je m'en suis allé.

Je les ai peut-être déçus.

Mais de mon mieux, à moindre prix, sans les meurtrir vraiment, du moins je l'espère, en ne leur disant rien. Pourtant... Si l'on me pose un jour la question : Qu'étaient-ils pour vous, ceux de Lescun ? Je répondrais encore : Tout, ils étaient tout pour moi, et le plus étonnant c'est qu'ils le restèrent même après leur mort, jusqu'à aujourd'hui.

La Célestine est morte hier soir.

La dernière fois que je l'ai rencontrée – elle touchait alors les soixante et quinze années –, ses lèvres se sont fendues sur une bouche édentée, de ses prunelles a surgi la chassie, puis elle a ouvert les bras en signe de bon accueil, tout en pétant fort d'émotion. Elle m'a embrassé. Elle m'a serré fort contre elle. À mon tour, je lui ai posé un baiser sur le front, en plein milieu, là où les rides se brisent entre les yeux en un cheminement confus de vieillesse. Alors, elle m'a dit :

« Comment tu vas ? »

Après une hésitation de pure forme, je lui ai retourné la question, ce qui l'a fait sourire, d'entre ses lèvres s'est élevée une mélodie de jeunesse, deux ou trois notes, puis, désabusée, comme n'ayant ni le courage ni le droit de me refuser quelque chose, elle a craqué ses rotules pour s'asseoir sur une roche accueillante. Je me suis assis à ses côtés, légèrement en contrebas, le derrière dans l'herbe et les jambes repliées, les genoux sous le menton, et le visage parfois balayé par les effluves intimes qui s'échappaient de sous sa robe, et bientôt, les yeux braqués, je l'ai regardée triturer sa cervelle, puis se pincer les lèvres au rebours des souvenirs qu'elle puisait.

Nous étions assis l'un à côté de l'autre, sur la terrasse en pente qui domine le village. Le soleil déjà versait à l'ouest, projetant sur les ardoises une luisance métallique. Les toitures espacées dessinaient au ciel des rues et des cours, des corbeilles d'arbres ou des bouquets de cheminées grises, chapeautées de pompons rose-orange.

« Dis-moi un peu, depuis combien de temps n'es-tu pas revenu parmi nous ? me demanda la Célestine.

– Trois ans, à peu près. »

Elle a soupiré :

« Déjà trois ans. Te rends-tu compte ? »

Pour elle, c'était un bail.

« Mais alors, reprit-elle, si tu n'es venu de si longue durée, tu dois encore ignorer Prisca ? C'est dommage. Peste du sort ! Elle vient de partir avec sa mère. Elle est mignonne, tu sais, trois pommes cul sur tête, un bout de rien qui réchauffe le cœur. Mais tu la verras sûrement. D'ailleurs, il te faudra bien la voir, si tu fais un tour par chez les Itahoa. Tu n'y reconnaîtras rien, ou guère davantage. L'Henri a construit une grange, figure-toi, aussi une bergerie pour l'hiver. Je te parle pas de l'intérieur, c'est du refait à neuf depuis déjà un sacré temps. Et comme à lui seul il n'aurait pu en venir à bout, alors il a donné l'amitié au Balaïte. Car avec le Balaïte, à présent, c'est du bon voisinage, et du bon plaisir pour nous tous. Car il les aide un rude coup et ne pleure pas sa peine. Le Balaïte s'est donné l'audace de rester parmi nous. C'est l'hommage d'un brave homme à notre nature. Évidemment, il y a bien ceux qui lui prêtent encore la tourmente, tu vois ce que je veux dire, mais avec le temps, tu sais, on efface la rancune, surtout par ici.

Elle est morte, la Célestine.

Je lui ai demandé :

« Toujours Isturigues pour garder vos moutons ? »

D'un coup net, elle a éclaté de rire, tout en se frottant rudement les mains.

« Je n'ai plus rien, mon bon ! »

Je suis resté ahuri, un moment la bouche ouverte. Elle a continué, se moquant de plus belle :

« La bergerie de l'Henri, pourquoi donc crois-tu que c'était ? Pour mes moutons, pardi ! Je les ai vendus à Julia, ma petite-fille, et à Pierre, son époux. Pour une rente et un peu de bois. Mais comme j'ai le pied ferme en affaire et que la vie n'a plus rien à remontrer de ses exigences, alors j'ai conclu un marché de tendresse… Oui… D'un peu d'affection… La vieillesse, tu vois, ça vous change tout dans la tête : me voici égoïste à vouloir un baiser sur le front, pour un oui, pour un non, comme une fleur qui s'épanouit dans l'ombre et sur laquelle on se penche quand nous emporte le mal de langueur… »

Elle acheva d'un geste souple de la main vers le ciel. Mais elle ne riait plus. Mais elle ne se moquait plus. Elle souffrait en silence d'une maladie de beauté que le délié de ses doigts en un mouvement rituel au-dessus de sa tête exprimait en secret. Alors, comme interdit, je l'ai regardée droit dans les yeux, sans rien dire, et je l'ai imaginée assise sur le pas de sa porte, cassée en deux, les mains jointes au creux de sa robe, et perdue dans l'attente d'une joie quotidienne, bonne amie de promesse. Au pas mal assuré de la petite Prisca, je l'ai vue s'enorgueillir aussitôt d'un trésor, comme une pierre d'étoile. Je l'ai vue prendre l'enfant par-dessous les aisselles et la poser sur ses genoux, tout en lui parlant de mille étrangetés à connaître, connues d'elle seule, mais qu'elle partageait en mimiques, le doigt sitôt mis sur les lèvres… Que tout cela demeure entre toi et moi… Bientôt, elle s'est levée, elle a donné à boire à la maman, à la fillette insatiable qui lui disait : Raconte encore, mémé, raconte encore. Elle s'agrippait, la fillette, elle s'agrippait aux jupons de son arrière-grand-mère.

« Embrasse-la, ta *mamète*[1] », lui disait la Célestine.

Et pour ce peu de tendresse, j'ai cru la voir près du feu, la chevelure ardente, bientôt folle à raconter l'histoire d'un berger disparu, mort sous la lune. Je l'ai regardée, mais je ne la voyais pas.

Nous allions dans les rues du village, elle se taisant, le regard au ras du sol à se méfier des pavés disjoints, et moi, la tenant par le bras, assez fier ma foi, la tête haute, assez fier d'avoir à mes

1. *Grand-mère.*

côtés ce bijou d'âge, fébrile en ses formes mais à l'âme encore forte.

Cependant que nous marchions ainsi, sans but précis, passant d'une rive à l'autre des venelles, nous arrêtant parfois devant une fontaine, ou bien le nez en l'air pour une odeur acide de viande grillée ou de graisse fondue, j'avais le sentiment d'un nouvel univers où plus rien ne concordait avec mes souvenirs. Le coutumier de naguère enseveli pour toujours martelait ma mémoire, comme une présence abusive, demeurée latente, dont je savais qu'il me faudrait un jour me débarrasser, mais qui pour l'instant, sous la neuve illusion d'une femme de jadis, resurgissait en un chaos d'images contraires à la réalité. Ainsi étais-je absent parmi les signes disparus de mon histoire. J'allais en silence, à l'abandon de mon corps, tout plein du parfum de nouveauté qui s'imprégnait à moi sans que j'y fusse pour rien. Je traînais les semelles. J'errais dans l'oubli des autres. Je refusais la vie, la vie, celle des autres, la vie d'ici. Je les croyais encore, ceux de Lescun, sans temps ni raison. Et sans doute cette rêverie qui au vrai n'en était pas une, sinon une étreinte à mon cœur d'avoir perdu quelque chose – mais quoi ? –, eût-elle duré jusqu'à la tombée du jour, si la Célestine, à considérer mon silence bavard, ne s'était tout soudain arrêtée devant l'église pour me montrer, le bras tendu vers le ciel, un disque blanc de nacre et ponctué de chiffres. Sur l'instant, je m'en souviens, j'eus la remarque brutale :

« Et alors ? »

Mais elle, petite à mes côtés, toute ratatinée, mais pétillante à souhait, savourant son plaisir, d'ajouter simplement :

« Écoute encore… »

Je n'eus guère d'attente. Les aiguilles de l'horloge indiquaient l'heure exacte en même temps qu'une cloche égrenait quatre coups. Déjà 16 heures. Alors, et cependant que nous allions dans les rues du village, au rebours cette fois de la route initiale, elle m'a raconté sa dernière aventure, lubie de vieille ou chevauchée de sorcière, galopant ici et là pour attraper quelques sous aux braves gens.

« Je m'étais mis ça en tête, que veux-tu. Faire en sorte que cette fichue horloge fonctionne à nouveau. Et lorsque, enfin, j'ai pu ouvrir mes fenêtres sur son œil tout blanc qui nous donnait les heures, un vrai sourire au soleil, je suis pas sortie seulement pour leur dire merci, j'ai ajouté, contente : Et maintenant, la Célestine, elle se retire… »

Mais c'est en béarnais, la tête sur mon bras auquel elle s'accrochait bien fort, qu'elle a prononcé ces mots.

Par la suite, je l'ai découverte, la vie. Elle avait l'attrait de l'air pur, elle était liquide, véloce en ses manières, capricieuse aussi, comme le temps que l'horloge en ses battements ponctuait d'énergie nouveau-née. Véloce était la vie car tournaient autour de nous des fillettes en folie, étourdies de sang, baignées d'altitude, criaient les chattes en chaleur et les mâles assoiffés, queues dressées, griffes sorties, capricieuse comme le tournoiement des feuilles en automne. Au bras de ma vieille qui pesait une paille, j'allais à la découverte de Lescun, de ses habitants, je parlais au Billare qui riait dans le roc de me voir enfin respirer. Je respirais, bouche close, les caprices de l'histoire. J'inventoriais les secrets divulgués, ceux des cœurs, et je me disais, me souvenant à présent d'un passé révolu, c'est-à-dire loin derrière, que la vie n'a de réel sens que par la mémoire qu'on se fait d'elle. Alors, et comme jamais je n'aurais cru cela possible, j'ai vu tout soudain, à quelques mètres de moi, que ce fût ou non une illusion peu importe, le docteur s'éloigner, tête basse, la démarche tranquille, la canne au bras, la mallette à la main, et c'est au passé que je l'ai conjugué.

La preuve en était que le temps, celui de l'horloge ou des hommes, avait repris sa course.

Tout aussitôt, comme voulant m'ôter d'une erreur, j'ai demandé à ma vieille compagne :

« Parlez-moi de Francis… »

Elle m'a répondu :

« Tu sais bien qu'avant je ne t'en aurais rien dit… »

J'ai demandé, feignant l'ignorance :

« Avant quoi ?

– Ne fais pas le sot, *petitou*. Tu dois bien te souvenir. Il y avait avant ; maintenant, il y a après. C'est comme les saisons. Mais pour nous, l'hiver, il aura duré trente ans, trente années à ne point vieillir… Si tu savais comme on se lasse de la jeunesse… Aujourd'hui, quand ils regardent mon horloge, tous ceux d'ici ils peuvent se dire : voici une heure déjà que je me promets d'aller au champ. Aujourd'hui, on prend du retard ou de l'avance. Aujourd'hui, on se dit que le Francis est mort, qu'il est poussière depuis trente et quelques années. »

À ce moment, elle s'est arrêtée. Nous étions devant sa porte. Mais plutôt que de l'ouvrir, elle m'a regardé avec de grands yeux, à demi obscurcis par de lourdes paupières, puis elle a murmuré, comme en secret :

« C'est parce qu'il est mort, mon Francis, que je peux t'en parler... »

Mais gaillarde bientôt, dans un cri de vigueur :

« Allez, viens boire un coup ! Après ça, tu iras voir les enfants, ça sera la fin du jour, et puis tu viendras, comme les autres, à la veillée du village. Alors ils te la raconteront, la fin du Cambo, c'est bien pour ça que tu es là, non ? Pour savoir ? Ils te la raconteront, ton histoire, mon histoire, ne te fais point souci, car maintenant, avec l'horloge, ils savent bien que tout ça c'est du passé... »

J'étais redevenu l'homme de la ville. Un vieil ami de passage. Celui autour de qui l'on se rassemble pour lui raconter, après tant et tant d'années d'absence, les histoires du pays. Celles qu'il n'a pas connues. Ou qu'il est bon de feindre de ne les avoir pas vécues.

II

La Célestine avait raison. Plus rien ne ressemblait à rien. Même qu'il y avait une sorte de gêne à songer au passé. Comme si la vie éprouvait le secret espoir d'enfouir à jamais sous la charge des limons du gave trente années inutiles, trente années qu'elle effaçait avec acharnement, qu'elle enterrait à la hâte pour une fleur nouvelle, une pierre chaude, irradiante, pour un peu de chaleur... Une petite âme, encore tremblante, malhabile parce que née d'hier, fouillait la terre vierge pour un peu de sève... Pourtant, à lire les montagnes, rien ne les avait modifiées, modelées comme il y a cent ans, elles offraient au cirque leur immuable galerie de beauté, nappée de neige, aux larges échancrures bleutées. Et le cirque, enclave bouillonnante où tout, hormis l'ailleurs, était admis, paraissait au ciel cette planète abstraite, coiffée d'atmosphère, que j'avais connue autrefois... Je ne sais plus quand... Je retrouvais, comme après une absence, le paysage de mes souvenirs, seulement, hier en léthargie, hier plongé dans l'absence ou le quotidien perçu selon un mode ancien d'égale vie, je le retrouvais en vigueur, plus âgé, il respirait, et mon oreille plus attentive percevait distinctement chacune de ses respirations, chacune de ses humeurs, toutes choses – me disais-je – que le Dr Cambo, à force de vouloir, avait tenues en suspens, pourtant conformes aux sens ou à l'idée toute bête qu'on se fait de l'existence.

De la ferme des Itahoa, je n'ai reconnu que le bâtiment central, ses ouvertures à la mesure du climat, sa toiture à pans coupés et ses pierres blondes, rugueuses à la main, qui diffusaient une odeur de terre chaude. À droite, le hangar. À gauche, la bergerie. En retrait, le vaste enclos, berceau de volaille, dont le grillage jusque sous la forêt se perdait en limite de frontière. Dans la cour, nue de bestioles, et tout au long des murs qui formaient enceinte, j'ai retrouvé les plantes de l'ailleurs, celles que le docteur avait apprises à Francis du temps où, jeunes encore dans la différence de leur âge, ils allaient en promenade, loin des hommes, s'adonnant à la pure jouissance de la vie, la vie de tous les jours, telle qu'elle avait été ressentie par les humains, les autres, ceux d'au-delà du cirque, après que la guerre eut achevé son avance, mais demeurée secrète pour les gens de Lescun. Secrète jusque trente ans après. Comme un refrain d'alibi, ces trente années. Alors, je me suis dit : les voici à présent inventeurs d'un ordre nouveau, d'un ordre qu'ils découvrent, eux, musée de cire à l'ancienne à qui une âme fut donnée après trente années de poussière, les voici à la découverte du temps naturel. Puis, au confort de mon sentiment, j'ai remarqué, dans un coin d'ombre, la silhouette cassée de Julia, les cheveux loin en arrière sur le dos, qui sarclait les cyclamens et les jacinthes sauvages, les lierres ordinaires en bandeaux gris sombres autour des parterres et le chèvrefeuille.

Je l'ai appelée.

Elle s'est redressée, souriante.

Elle est venue jusqu'à moi, du pas ferme de maîtresse, ouvrant grand les bras, le visage en lumière, mais sans mot dire, elle est venue. Longuement, la tête sur mon épaule, elle est restée comme une charge, immobile et si fragile que je n'osais même respirer de crainte qu'elle ne se brise à mon souffle, puis elle m'a demandé simplement :

« Alors, comment tu vas ? »

J'ai répondu :

« Et toi, Julia ? »

Alors, elle m'a dit, me serrant fort la main :

« Maintenant, ça va... »

Bientôt, elle m'a parlé de Prisca, Prisca la blonde, le Tom Pouce de la maison qui, dès l'abord, refusa de se montrer, craintive à souhait, écorchée vive, mais blonde comme les souvenirs, frêle et menue, les cheveux en natte, les yeux grands ouverts sur le jour, quémandeurs de réponses aux silencieuses questions qu'elle posait à sa mère.

« C'est une fille, a soupiré Julia... Un garçon, nous l'aurions appelé Francis... Mais c'est une fille...

– Il y aura peut-être une prochaine fois...

– J'ai fait vœu.

– Fille unique, alors ?

– Sans doute... Mais bien sûr, tu ne sais pas encore. Entre donc. Tu dîneras bien avec nous ? La garbure est sur le feu depuis ce matin. Comme ça, tu verras les hommes, ils seront bien contents, eux aussi, de te revoir et, pour sûr, ils en auront bien des choses à te raconter. »

Il était simple, le bonjour de Julia, il était vrai, à l'état brut, sans faiblesse ni pruderie. Elle avait le mot juste et tranchant. Pas romantique pour un sou. Ni vraiment paysanne. Demeurait en elle un petit rien de Bedous, comme un soupçon d'arrogance, ou masque de sensibilité, qui ne laissait encore de m'intriguer lorsque le Balaïte est entré. Alors, la Julia, je l'ai abandonnée, et m'en suis levé, la main tendue vers le vieil homme, pour lui dire mon plaisir à le voir s'installer à la table des Itahoa. Par suite, je l'ai considéré longuement : il avait vieilli, ça dépassait la normale, une peau de coq à ne plus mettre au pot pendait de sous son cou sur le col ouvert de sa flanelle, une barbe de huit jours lui mangeait les rides et, par-dessous le béret aussi large que gras de crasse, luisait un front quasi désert.

Il m'a demandé :

« Tu as vu la Célestine, au moins ? »

Je lui ai répondu :

« J'ai vu la Célestine.

– Elle t'a causé de moi ?

– Sûr. De toi et des autres. »

Il a insisté, comme pour être rassuré :

« Pas trop aigre ?

– Sûr que non, ai-je répondu. Bien douce au contraire. »

La Julia servit à boire.

Un peu plus tard, à la nuit tombée, alors que nous étions silence à regarder le jeu des flammes au travers du vin, elle s'est défaite de son ouvrage, la Julia, et tout soudain, les mains sur les hanches, elle nous a reluqués, l'un l'autre, narquoise du pan de voile que nous n'osions pas soulever. Elle nous toisait de belle sorte. Gaillarde. Le front barré. Prête à condamner nos sottises, celle du vieux qui gambillait sur son siège de ne pouvoir s'exprimer, puis la mienne à ne pas avouer mon pourquoi. Alors, du poing frappé sur la table, elle a dit, s'adressant au Balaïte :

« Narre-lui un peu ta folie, vieux bougre.

– Tu crois vraiment, Julia ? a fait le Balaïte qui, visiblement, mourait d'envie de m'en dire davantage.

– Si je le crois, sang de Dieu ! C'est le moment où jamais de te fendre un peu l'âme. Parle donc. »

Alors le Balaïte a commencé, mais il a raconté sans fierté...

« C'était fin mars, début avril, voilà trois ans d'ici. Je m'en souviens comme d'hier aujourd'hui, même qu'il faisait chaud après la pluie, comme au milieu de juillet. Mais ça, tu dois le savoir, tout autant que le docteur a tué le Bertram d'un coup de hache plein la gueule et fendu jusqu'au cul... Ce jour-là, va comprendre – il y a des choses qu'on fait ou qu'on ne fait pas, c'est la tête qui travaille et le corps qui obéit –, je m'enfonce dans la forêt, une envie, j'ignore pourquoi, à la renifle d'une trace, celle de mon bonhomme, et puis quoi... Pour tout te dire, ce jour-là, j'ai une odeur de sang dans le nez. Une démangeaison. Ça me picote drôlement. C'est bon temps déjà que, pour moi, le docteur est perdu. Je ne suis point trop con. Alors, je la sens, la mort, pas celle du Bertram, non, celui-là ça m'est bien égal, mais crénom ! qu'il crève, mon Cambo, sans que je sois là pour l'y aider, ça me dépasse, je ne comprends plus… La marche dans la forêt, petit, c'est du rude. Mais j'ose. Surtout qu'avec le Francis, déjà bien avant, j'ai appris le courage. Les branches me cinglent la figure. Bientôt les pins, la broussaille dans laquelle je manque m'affaler, l'herbe humide. Sous mes bottes, une vipère. Je me cavale. Elle aussi. Mais c'est dans l'autre sens. Alors je respire un bon coup. Mais j'ai la sueur, t'imagines, parce que, ces animaux-là, on les aime jamais trop. Et puis soudain, crac ! devant moi, un arbre qui s'écroule, tudieu, une vraie cathédrale. Je me retrouve à quatre pattes, le museau dans le feuillu… J'écoute… À l'autre bout du tronc, près de la souche, le Bertram, tranquillet, jambes écartées, qui sort gentiment son outil et pisse dru devant lui. Je me dis qu'il n'y a pas de mal à ça. Alors je me relève pour le saluer, c'est du bon usage, quand… Tu sais la suite. Mais cette fois, le Bertram, c'est du sang qu'il pisse, et par tous les bords… Moi, c'est ce que j'ai vu. »

Il s'interrompit, le Balaïte, le front cuit par les flammes. La Julia en a profité pour remplir à nouveau les verres. Puis elle a battu vigoureusement la soupe et en a parfait l'assaisonnement. Pendant ce temps, sagement assise par terre, non loin du feu, Prisca la blonde jouait avec ses doigts, elle les comptait, paraît-il, et paraît-il que ça la fascinait.

J'ai avalé une gorgée.

« Raconte après ! », a dit Julia d'un ton de frénétique.

Le Balaïte a haussé les épaules. Est-ce que c'était bien l'heure de retracer tout ça ? Pourtant, il a repris :

« J'ai cru mon tour venu, petit... Le manche de la hache contre sa jambe gauche, Cambo s'est baigné la main dans le sang du Bertram, puis il a murmuré, me regardant : Toi aussi... Alors, mais tu vas me dire que c'est bête, je me suis senti tout nu, à poil, vide que j'étais à ne plus me sentir les couilles entre les cuisses. Mais tu penses bien que ça n'a pas duré. Ma ceinture, je l'ai serrée d'un cran. Toi aussi. Ça voulait dire : Balaïte, toi aussi tu l'aurais tué ; à ma place, qu'aurais-tu fait ? Tu l'aurais tué... Il avait la fièvre. J'ai dit : Ce n'était pas à toi, docteur, ce n'était pas à toi d'y tremper la main... Parce que tu comprends, petit, le docteur, il était tout pour nous, la crainte et l'amitié, le berger de Lescun, point parfait, non, mais l'ami de tous les jours, celui dont l'ombre sur le chemin nous était comme une fraîcheur. À ses côtés, tous ils te le diront, on était les brigands du Dieu vivant, de la merde, des rien-du-tout... Mais tout ça, c'est des choses que tu ne peux pas te représenter. C'est excusable. T'es point du cirque. Car vois-tu, pour expliquer il faudrait savoir, nous on ne sait pas vraiment, on n'a pas appris, alors on raconte, tout cru, tout net. C'est notre vérité à nous ; un beau jour, elle a fait du bruit dans nos cœurs, elle nous a griffés en dedans, puis la gamelle en a sauté... Quand on a ouvert les yeux, le soleil était au midi – c'est vieux comme le monde mais on s'en souvient encore, je te l'ai dit, comme d'hier, parce qu'on en est restés bouche bée pendant trente ans –, il y avait notre Cambo, droit devant nous, crotté jusqu'au cul, tout sourire, grande gueule, avec dans ses bras, déjà bleu de froid mais rouge aussi du sang qui lui coulait du corps, le Francis, pas conscient pour deux sous, déjà mort, pourtant vivant. Il avait huit ans, le Francis. Rien que ça. Mais il était déjà notre histoire. Et tu penses bien que le Cambo n'allait pas la pourrir. Alors il nous en a gavé la panse et la cervelle. Jusque-là, qu'on en a eu, du Francis. Pendant trente ans. Pour qu'on se fourre bien ça dans le crâne, que des histoires de pays ça ne s'invente pas, ça se vit, tant pis pour les morts. Après, il y a eu la guerre, la nôtre de guerre, on s'est battus comme on a pu, mais fidèles, oui, fidèles au docteur, au Francis, à nos montagnes…T'aurais voulu qu'on les trahisse nos montagnes ?… Bientôt ce fut la tempête, l'hiver, de la glace pour trente ans, puis le silence… Verse à boire, Julia. Encore un peu… C'est dur le silence, ne pas pouvoir causer, garder tout pour soi… Mais le Bertram est mort. Motus, je te dis. Le terrain est déblayé. La route est maintenant tracée. Encore quelques heures, de la marche sous la nuit, du pénible à venir, mais du pénible à traiter comme un seigneur. Alors moi, je le laisse aller son chemin, parce que son chemin c'est aussi le mien, c'est celui de tout le monde, mais gaffe, celui des gens de Lescun, du Lhers ou de Garcet, pas d'ailleurs, tudieu ! parce que notre planète à nous autres qui la veillons jour et nuit, depuis que la Terre tourne, c'est le cirque et rien d'autre, faut tout de même pas confondre. »

Elle dodelinait du chef, la Julia, pas vraiment d'accord avec ce que disait le Balaïte, mais la souffrance l'aiguillonnait trop dans sa chair.

« Débite encore ! Débite encore ! », disait-elle.

Était-ce là son reste de Bedous ? Cette arrogance à mépriser cruellement le vieil homme qu'elle avait en face d'elle ? Ou bien le désir caché d'amour ? J'en étais à ce point, lorsque je crus deviner qu'ils étaient de connivence, non pas qu'ils aient échangé quelque œillade discrète, mais complices au-delà d'eux-mêmes, complices d'une force qui les stimulait, eux, la Célestine et les autres sans doute, comme un sentiment de violence, une formidable volonté d'existence. Peut-être, ils s'acharnaient à vivre.

Alors, le Balaïte a soulevé d'une main son béret, puis il a passé l'autre sur son crâne, ensuite il a continué :

« Ce jour-là, l'ailleurs, figure-toi qu'il est chez nous, il concubine avec le fils Itahoa, un bien beau gars que voilà dix jours à peine j'ai surpris, torse poil, la queue raide, à renifler la présente… Bon sang, ça m'a remué la tripe. Comme un ange il était, je te le jure, les hommes je ne les connais guère, mais quand tu vois celui-là, de dos, la fesse en l'air, bientôt debout, face à toi, ça te chavire un moment, puis la fille dans la sciure t'as envie de la maudire. C'est point qu'elle soit laide, ça non, seulement elle est d'ailleurs, et point digne d'un gars d'ici, sauf d'un vieux, d'un bancal, d'un perclus… Le Bertram est mort, l'Itahoa aussi… La fille est au cirque… Il ne faut pas qu'elle témoigne d'une vie qu'on gagne à rude prix. C'est pas pour elle. C'est notre histoire. Dans ma cervelle, ça fait ni une ni deux. Bientôt, j'avance dans la cour, je m'y retrouve, je ne sais pas comme, j'y suis, ça c'est sûr, il y a de la poulaille un peu partout, des lapins dans leur cage, des cochons… Je sors mon couteau, j'en tire la lame, pour te dire j'ai l'esprit dans la vapeur, et je coupe les têtes, tranquille, une par une, ça s'affole, ça criaille, des plumes il y en a partout, moi, je tranche dans le vif, dans ce qui remue j'enfonce le couteau, ça me colle à la peau… La Julia, elle ouvre la porte, la porte des Itahoa, la voilà qui me risque un œil, alors moi, le geste large, en pleine gueule je la rougis du sang de ses poules, elle hurle, et je lui dis : fous ton camp ! fous ton camp ! t'es point d'ici ! maldonneuse… Elle tombe sur les genoux, vlan ! d'un coup sur les genoux. Elle sanglote. Elle est folle. Mais moi, je suis bien, je me sens mieux… Bien dans ma peau, je te dis. Comme après l'orage… Une douce pluie sur les épaules… Alors, je m'en vais en trottinant. »

Au retour des deux frères, Prisca la blonde avait du sourire par-dessus le visage. Elle a quitté ses doigts. Bientôt, elle s'est levée et, lorsque sa mère lui a ouvert la porte, elle s'est engagée dans la nuit pour une ronde, sautant au cou de Zampa le chien, allant et jouant autour de l'attelage, de son père qui s'affairait au labeur et de l'Henri, l'oncle rustaud, le plus brave des hommes, que le travail appelait encore, pour aider la Julia.

« Oui, j'ai pensé à toi cet après-midi, m'a dit Pierre. Si j'avais fait le matin tout ce que je voulais faire, je serais allé à Lescun et je t'y aurais rencontré. Seulement, je n'ai pas pu. Tu as vu mon frère ?

– Pas encore.

– Il faut le voir, a dit Pierre. Lui aussi, tu sais, il t'espérait bien avant. Tu nous as fait défaut. Depuis la mort du père et la chute aux crevasses, il t'a attendu. Il sera content. »

C'était le moment où tout est silence, où le cirque est muselé.

Un peu plus tard, alors que déjà depuis bon temps, assis autour de la table, nous attendions son retour, il est entré, l'Henri, point surpris de me voir, il m'a serré la main, longuement, et de la manière dont il s'est tu j'ai deviné le reproche amical des campagnes à ceux qui sont aveugles. Bientôt, car il n'était pas homme à pleurer le sentiment, il s'est étonné de ne plus voir la petitoune, qu'elle soit couchée si tôt, puis, tout étranglée qu'était sa voix, il a commandé du vin et du jambon, tandis que du coffre à bois il sortait le confit qu'il avait confectionné trois mois plus tôt.

« Tu le chauffes tout doux », a-t-il recommandé à Julia.

À l'autre bout de la table, il s'est assis. Pendant un long temps, il a gardé le silence, les mains l'une dans l'autre à ne savoir qu'en faire. Puis son visage s'est éclairé, les yeux brillants. Sa poitrine s'est ouverte, brune à souhait, la peau tannée. Tout remué qu'il était, il a dit :

« Alors comme ça, tu es revenu ? »

J'ai répondu :

« Oui. »

Il a dit :

« C'est bien, c'est bien. »

Encore étions-nous en réserve l'un de l'autre, lorsque à nouveau, la garbure avalée, le vin tout au fond du gosier, la Julia, mise à l'heure du passé, nous a traités de fourbes à rouer, comme elle avait fait quelques minutes auparavant lorsque le Balaïte me regardait sans rien oser dire. Ce fut alors comme un gong, au tréfonds de chacun, qui résonna très fort et, pendant un instant, c'est tout hébétés que nous sommes restés, tant l'Henri que les autres. À dire vrai, la Julia avait de l'inconvenance, mais aussi, à fleur d'âme, une sacrée humeur de vérité. Elle a dit comme ça :

« Vieux bougre, t'as pas tout raconté. Tu m'as rougie du sang des poules et après, hein ? tu veux que je relate à ta place ?... »

Elle désignait le Balaïte avec audace, mais sans âcreté véritable.

« J'avais de la frayeur, je m'en souviens encore, même à te voir partir j'avais de la frayeur au ventre, pour moi, et pour l'enfant que je portais alors et que je caressais tendrement, sans mot dire à quiconque des fois qu'il ne décroche... Vous êtes des hypocrites à ne point oser plus avant parler de ce qui vous ronge encore... Pardonne-moi, Balaïte, tu es un brave homme aujourd'hui, et c'est point à toi la faute, elle est aux trente ans derrière nous... Mais il est là, lui, pour savoir, pour écrire. Alors, il faut la lui dire votre histoire, notre histoire, et la lui donner comme un os à ronger qu'il enterrera plus tard dans son jardin à lui, comme un vieil os à sa vie d'ailleurs... Pas vrai ? Regarde-les donc, mon Pierre, et son frère, mon Henri, ils se tordent les doigts comme des misérables de ne pas avoir le courage, et ils se disent tes amis. »

J'ai protesté, maladroit :

« Ce sont mes amis, Julia, comme toi, comme les autres d'ici.

– Pourtant, ils te font défaut d'avouance.

– C'est pudeur, Julia. Mais toi, pour m'aider un peu, pour que je puisse achever l'existence de vos rêves, pour qu'ils sachent, les autres, ceux d'ailleurs, qu'il existe encore des êtres issus de la solitude des monts, plus unis par la vie qu'ils conduisent qu'une communauté religieuse, oui, Julia, pourquoi ne serais-tu pas la première à me parler ? Toi aussi, je le sais bien, tu aurais des choses à me dire. »

Mais, tout de suite, elle ne m'a pas répondu.

Il y a eu le silence, et le craquement des bûches, la plainte du vent qui par le goulet des monts s'insinuait en vallée d'Aspe.

« Faut-il que tu nous aimes, a tout de même dit Julia, pour qu'on ait ainsi attendu ton retour sans faillir une fois... »

À ces mots, j'ai tremblé comme un enfant.

Elle a repris, tout aussitôt :

« Jusqu'au retour des hommes, la nuit déjà bien avancée, j'ai prié mille chapelets. J'étais comme folle. Comme folle, tu peux bien me croire. Une prière à Notre-Dame de la Pierre, pour que l'enfant demeure, qu'il vive en moi, qu'il vive encore longtemps. J'ai tout promis à la Dame de Sarrance : qu'en septembre prochain, pour le pèlerinage, j'irais jusqu'à genoux lui gravir sa colline, que je n'aurais d'autre enfant, fille ou garçon, que celui de l'amour, qu'il serait Francis ou Prisca, comme son grand-père ou sa grand-mère... J'avais peur de bouger, j'avais même peur de trembler... »

Là, Julia s'est arrêtée et, d'un trait, elle lampa son vin.

Puis elle voulut reprendre, mais elle n'y arriva pas. Et la tragique agitation de sa gorge m'en apprit tout autant que des paroles. Sans compter les larmes que l'effort ne parvint pas davantage à retenir. Regretta-t-elle ensuite une faiblesse passagère ? C'est bien possible. Car elle nous défia bientôt, l'un après l'autre, à tour de rôle, prenant des poses et, tout en se mouchant, elle tenta l'arrogance, comme fignolant un personnage qu'elle aurait été lasse de tenir. Je devinais son désespoir. Et sa fragilité. Je l'imaginais transparente à se fondre aux âmes d'alentour, gentiment absorbée par la terre. Encore, et vainement, elle se débattait, elle balançait entre l'amour et la haine à ne savoir les discerner. Agressive, elle était, mais bellement agressive parce que blessée au sein de n'avoir plus la force, ni le courage de résister au cirque, ni le courage de l'aimer, ni plus celui de le haïr vraiment. À présent, que ce fût ou non son désir, elle participait de l'histoire d'un pays caché. Elle s'y abandonnait. N'était que l'ailleurs pour exciter son âme, une toute dernière fois… Bientôt, elle a lâché prise, et elle s'est levée, les yeux déjà gonflés, de la moiteur dans les mains, puis elle s'en est allée dans sa chambre… Je crois bien que ce soir-là elle s'endormit en paix, car, fille de Francis Arbitous, elle l'était enfin devenue pleinement, de tout son cœur.

S'il avait été présent, le Dr Cambo, quelle sage fierté, je suppose, il en eût tiré.

III

L'HEURE AVANÇAIT. Tout à l'entour, les minutes s'écoulant, pesait le cirque sur les choses et les êtres, comme la présence immobile, permanente et vivante d'un cœur gonflé de sang neuf.

« Cette nuit-là, ce fut terrible, a dit l'Henri qui posait alors trois verres sur la table.

– Terrible », a ajouté Pierre.

Le Balaïte a servi l'eau-de-vie blanche.

« C'est vrai que ce fut terrible, affirma-t-il à son tour.

– Le docteur en avait trop dit.

– Julia le haïssait, mais elle avait de bonnes raisons, témoigna le Balaïte.

– Parce qu'il en avait trop dit. »

Le Balaïte hésita.

« Oui, peut-être, je sais pas.

– Parce qu'il nous aimait aussi », fit Henri.

Mais le Balaïte haussa les épaules, puis il demanda tout en se frottant l'oreille, l'air dubitatif :

« Qu'est-ce que ça veut dire, commissaire : il nous aimait ? Tu le sais vraiment, toi ? Nous, oui, on l'aimait comme des dingos, même quand on l'aurait voulu mort, on l'aimait toujours. Mais lui ? Pffeu ! Des fois, je sais bien qu'il faudrait pas, je doute un peu... »

Au contact de l'eau-de-vie sur la langue, les visages se sont épanouis. Celui de Pierre et celui d'Henri. Par-dessous les poitrines musculeuses, les poumons se sont gonflés, déployés de chemise jusque sous la ceinture. Et tandis qu'ils parlaient, le Balaïte et les deux autres, ils se sont éloignés de moi sans même s'en apercevoir, grisés par je ne sais quelle folie d'espace, ils se sont envolés, comme de grands aigles, et bientôt, dans leur ombre, a plané le souvenir exalté. À un certain moment, je m'en souviens parfaitement, le vent, dans la cheminée, a soufflé si fort les cendres que le reste de bûche s'est embrasé d'un coup. Alors, au suprême de l'artifice – étais-je à mon tour perdu d'alcool ? –, je crus entendre une chanson d'hier, comme une ronde, mensonge ou déjà légende, des notes à peine audibles, douces, très douces à l'oreille, comme un bruissement de source au travers de la glaise, une mélodie qui m'éleva sans histoire, je veux dire le plus naturellement du monde, au cœur d'une ivresse si belle à vivre que l'idée sur l'instant ne me vint pas de la refuser. Longuement, je suis resté à l'écoute du chœur, flamme intense et votive, puis je me suis laissé porter par le souffle des monts, toutes voûtes éclatées, toitures et pans de mur craquelés, pierres à la voltige des airs, chacune en ralenti, brisée par l'éclair ou l'esprit. Bientôt, tout au-dedans de moi, pareille à l'unique voix des trois corps soûls tout soudain gris de cendre, une corde a vibré, grave en son timbre et de résonance profonde, une corde mienne, un relent de présent, passé d'aujourd'hui, que j'avais un jour – mais quand ? – planté là par excès de désir, ou désarroi peut-être... J'ai laissé faire... Parce que le cirque se racontait, parce que les montagnes, la terre, et les hommes de la terre se livraient pour eux-mêmes au combat, sans doute illusoire, de l'existence, stimulés qu'ils étaient par la violence soudain libérée de leurs intimes forces... J'ai laissé faire... Parce que moi-même, exalté de sentiments, j'éprouvais la neuve sensation d'être leur éveil, leur réalité de chair, battue par les mots, l'oreille attentive à leur vie... J'ai laissé faire... Parce que déjà, au lendemain de leur histoire, j'imaginais les autres, ceux d'ailleurs, à l'écoute de ma voix, tremblante et sénile, agaçante parfois, mais belle d'une solitude apprise… Alors, avec eux, avec le Balaïte, avec Pierre et avec Henri, dans leur sillage, je me suis offert un voyage par-dessus les étoiles… Un voyage où les mots, pareils à des fleurs, sentaient bon la chaleur ou le creux d'une épaule. Il coûtait peu, ce voyage. Il coûtait peu. Il était hier, le passé de Lescun et de son cirque… Il était une corde pincée, une fibre ulcérée… Mais amour fou, à rude prix gagné. Dans le sang et dans la boue.

Alors, de cette histoire que nous avions pourtant vécue ensemble et dont j'avais presque initié les péripéties, aveuglément guidé par le Dr Cambo, tant son personnage m'avait envoûté, je le reconnais volontiers, ils m'ont fabriqué, à l'exemple de ce qu'il souhaitait lui-même, ce qu'ils voulaient être à leur tour : une légende.

Ainsi, dans les moments qui suivirent, ma tête s'enfla comme naguère du tumulte de leur envol, des pleurs de Julia, de sa frayeur et de sa haine. Comme acteur, je revis la course folle de la femme du Bertram, de sa ferme jusqu'au village, et j'entendis ses cris affolés à l'idée, ne voyant pas revenir son Raoul, qu'il pût lui être arrivé un malheur. Comme témoin également, j'ai surpris le commissaire au fond de la salle du café, à sa place habituelle. Impénétrable et serein de méthode – Cambo n'était-il pas déjà passé qui, d'un signe, m'avait indiqué que du silence de Bertram il avait fait son affaire ? –, je l'ai vu ordonner à chacun sa mission : trois par ici et trois autres par là… Lanternes à la main, j'ai revu les groupes disparaître dans le noir, l'un vers l'est, conduit par le Barbazan, le second en direction du couchant, juste au pied du Billare, et le troisième… Tout ça dans la nuit, sous la nuit, comme en procession de flambeaux.

Peu après, j'ai retrouvé le commissaire au milieu de la clairière, debout devant la souche belle et baveuse et le corps du Bertram, fendu tête à cul, œil à droite, œil à gauche, bientôt chargé sur les épaules des hommes, mais charge légère, à qui les bras, la tête ou une jambe, un morceau de culotte, pourquoi pas une oreille… Sous la colère assourdie, silencieuse, était l'orgueil du trophée… Sur le chemin du retour, enfin, l'envol du hibou s'est fait entendre, la terreur des forêts a serré les gorges et vrillé les intestins, les lambeaux de cadavre – pas un poil n'était resté sur la terre – ont laissé derrière eux le fétide de la chair.

Puis, ce furent à nouveau les cris de la Bertram, devenue soudain veuve, cependant qu'en fond de salle, peu éloignés du cadavre dont ils avaient disposé les morceaux sur trois tables, debout les uns et les autres assis, les hommes observaient tantôt la hache et tantôt sa victime.

Ils disaient :

« C'est la marque de l'homme.

– C'est point d'un animal un si beau malheur.

– C'est la marque de l'homme.

– Un franc coup sur la tête... Il y a le sang, du poil collé, pour sûr c'est un d'ici dont il n'avait pas méfiance. »

Sans qu'il y eût de leur part ni trouble ni révolte.

Que faire ensuite ? Que faire à cette heure-ci ?

Après une lampée de mesclet, le commissaire a dit qu'il allait se coucher. Alors, les autres, assommés de fatigue, sont partis à leur tour.

« Demain, on verra... »

Demain, dans l'idée du commissaire, mon idée, c'était assez pour que le large s'installe entre eux tous et le docteur.

« J'avais le sang dans la tête, a dit le Balaïte, mais tout au fond de moi le désir de faire bien. En dessus de Lescun, j'ai marché comme un âne, ne me retournant qu'une fois pour les voir s'encourir, lanternes à la main, vers au-delà de ma route... D'abord j'ai eu du plaisir. J'étais comme un chien, un peu fou, à la garde de son maître, prêt à parer les coups. C'est qu'après trente années de collier, la liberté me tenaillait tant le corps qu'à peine le béret me tenait encore sur la tête. Pour te dire, j'avais de la fierté au cœur, du bonheur à l'ouvrage, tu peux me croire, et les bidons d'essence sur le dos – j'avais prévu le pire – ne pesaient qu'une paille. Tudieu, mon Cambo, ça n'était pas encore l'heure de l'abattre ! Mais bientôt, va savoir, j'ai eu de la crainte, comme un creux, là, sous les côtes. Des fois que je fasse errance, ou bien qu'il soit de retour chez lui à quérir la mort indigne. J'ai pointé l'oreille. Rien que la vie des monts. Du sinistre. Et puis, tu sais comme, on se rassure, ça ne prévient pas, on n'a plus peur de rien, on se dit que le docteur est là, tout au-devant, gaillard et rusé, qu'il feutre ses pas sur l'herbe grasse et qu'on va le rejoindre, c'est sans doute possible, parce que la route est rude et qu'il y a la fatigue, les pierres, le malaisé des pentes, les sentiers dans la nuit, le mystère, les ombres, les feux de miracle aux branches des arbres, des frayeurs qui vont et viennent, la bête en éveil qui détale tout soudain… Alors moi, comme le Cambo, j'ai fait tout doux. J'ai écouté la montagne. Elle chantait, la montagne. On me dit un peu fou, mais je te jure qu'il y avait du bon Dieu dans tout ça… Déjà la moitié de la nuit. Le refuge du Labérouat, je l'ai passé vers les 11 heures, la lune avait le pied dans l'eau, le vent sentait l'aigre. Ça grimpait dur. Au pas d'Azuns, à hauteur de baraque, là où trente ans bien avant, sur fond de neige au soleil, je les ai vus s'éloigner vers Sainte-Engrâce, l'un derrière l'autre, le Francis qui ne disait mot parce que le plomb déjà lui travaillait la cervelle et le Cambo, j'ai pissé un coup pour reposer la bête. C'est encore le meilleur soulagement quand on veut marcher ensuite. Mais je n'étais plus seul. Il était dans le coin. Comme une impression, tu sais, quelque chose qui te murmure à l'oreille la présence d'un autre. Alors tu parles si j'ai respiré un bon coup. Je me suis dit : c'est gagné, maintenant ils peuvent grimper derrière nous, sacré bon sang, ça n'est pas de facilité qu'ils lui éclateront la tête. Derrière la baraque, j'ai posé les bidons, et moi, tout au long des planches, l'oreille au bois pour écouter vivre le silence, je me suis allongé, je te dis, avec le bonheur tout dedans qui flambait. Puis j'ai dormi. »

Je les écoutais dire leur histoire, ou la mienne, souvenir au parfum de fable. Pourtant, ça n'était déjà plus une aventure aux cent mille autres semblables par tous les coins de France – une aventure d'hier, dite le soir, oubliée le lendemain –, car elle avait passé les monts, comme autrefois celle de la morte, découverte sur la route entre Laguinge et Athérey. Dans la terre, elle s'était insinuée, comme en un lit douillet, si bien que l'eau des sources, dès l'aube à grand renfort de claquements sur les rocs, ou tout au long des nuits, la chantait aux bergers, aux paysans, aux braconniers, aux animaux qui vont et viennent par prés et forêts, simplement pour qu'on la raconte encore et encore longtemps… Ma sensation d'alors était d'étrangeté, de nuances souples et douces, où l'orgueil sinon la vanité l'enlevait au plaisir que j'avais de les entendre ainsi pour moi seul, témoin véritable, crier leur ferveur et me dire – que ce fût ou non par bravade : aux autres, par la suite, tu leur raconteras le cirque, le cirque et notre histoire… Ainsi, sous trois années silencieuses, ils me confirmaient leur confiance, ils m'accordaient un amour, un rêve de légende, ils s'éveillaient à mon regard et me pénétraient pour un peu d'espoir… Cet espoir indescriptible, devenu quête, dont je n'avais pas cru devoir les charger, mais qui dès à présent s'imposait à moi comme une main de chaleur posée sur mon épaule… Jamais je n'ai eu l'envie si pressante de manger la terre… Parce que la terre, ce soir-là, sentait de l'homme les secrets intimes, ceux d'une chambre où l'amour a passé pour que vive l'enfant.

Le Balaïte avait le blême au front, la sueur au visage, mais il racontait sa vérité, tout cru, tout net, comme une histoire de franchise, lorsqu'on entendit tout au loin la marche des gens de Lescun.

D'un bond, l'Henri fut sur ses jambes.

Il a ouvert la porte.

Droit devant lui, il a regardé.

Bientôt, le visage en lumière, il a dit :

« Point de veillée, ce soir. C'est tous ici qu'ils viennent. Pierre, tu sors les verres. Balaïte, t'en vas quérir la blanche, un litre ou deux, le vin doux pour ceux qui ont de l'âge. »

Puis c'est à moi qu'il s'est adressé, debout, bien campé, les poings sur la table :

« Tu auras lourd de fardeau sur les épaules, commissaire, mais c'était sûr qu'à te savoir en compagnie ils se mettraient en bande jusqu'ici, lune et lanternes pour les guider. »

Alors ils sont entrés, crottés, fourbus, rasés de la veille, et sans que j'eusse à me lever ils sont venus jusqu'à moi, le plus naturellement du monde, qui me serrant fort la main, qui me saluant d'un signe, puis se sont installés tout autour, sur les bancs, sur les chaises, les plus jeunes à croupetons sur le sol. Bientôt, il y eut le silence, hormis le bruit du vin qui remplissait les verres, et je les ai regardés, tour à tour, ceux que je connaissais, le vieil Isturigues et son berger de fils, le père Arnaud, Fidèle Armango, deux ou trois Aïnoha, hommes et femmes, le Barbazan qui pour une fois tenait coite sa langue, et ceux que j'ignorais encore, dont les visages bruns étaient beaux, travaillés au ciseau mais tannés par le gel, ils avaient le torse épais, la poitrine grossière, et certains d'entre eux, parmi les plus vaillants, serraient en leurs bras l'épouse gonflée de gorge, nourriture succulente, mais timide sous la bonnette blanche qui lui ceignait les joues et le front. Ils étaient calmes. Aucune agitation ne semblait les troubler. Pourtant, physiquement tendus vers moi, ils demeuraient en attente, le souffle coupé, les lèvres entrouvertes, de la moiteur sur la peau comme sous l'effet d'une fièvre. Ils espéraient une promesse et je la leur ai donnée.

Du coup, une épaisse fumée a bientôt rempli la pièce. Les verres de vin ou de blanche se sont vidés à grands traits. Ils ont parlé :

« Moi, j'y étais, a dit le Barbazan.

– Et moi, j'y étais aussi, a dit le vieil Isturigues.

– Et moi, jusqu'au bout, j'ai fait la route.

– Au grand matin, a repris Guillaume Barbazan, tous autour de la mairie, en grand silence, au pied de l'escalier, et tout là-haut, ce diable de commissaire, sournois, le regard bleu de fer. »

Il me montrait du doigt.

Fidèle Armango a pris la suite :

« Derrière lui, la Célestine en printemps, bonnette, capulet d'or sur les épaules, pour nous donner le courage, parce que la route à venir était rude et que le gibier – de la belle race – ne s'en laisserait pas dire avant de tomber. Nous autres, les jeunes, et bien avant qu'il ne meure, c'est à genoux qu'on souhaitait le Cambo. On n'était point vétillard, on voulait vivre un bon coup et s'en donner la peine.

– Ils étaient ignorants, a dit le plus vieux des Aïnoha. Parce que, au retour, la triste mine les a rongés des pieds jusqu'à la tête.

– C'est vrai, a concédé Armango.

– Le soleil était haut. Point de brume. Vers les 7 à 8 heures, le commissaire a mis de l'ordre dans les rangs, puis on a quitté Lescun, tous en armes, une fourche, une faux, une pelle, moi j'avais un râteau. Nous chantions comme des diables.

– *Tchirüla* en tête.

– Écrasées de soleil, les notes, et nos voix assourdies par le roc.

– Au Labérouat, on a posé la bise au front des femmes qui avaient eu l'audace de grimper jusque-là.

– Bientôt Azuns…

– Alors moi, la vigueur dans les jambes, je m'élance à flanc de montagne pour voir si du loin le Cambo n'a point fait traces. Le soleil me tape sur la nuque, c'est du blanc d'avril, une morsure, là, sur le cou, un rayon bien dru, je lâche prise, une connerie, d'une main je relève le col de ma chemise, sacré bon sang, le sol se dérobe, une mauvaise roche sur laquelle j'étais perché, je te dis, pour regarder au-dessus du branchu, je déboule tout du long, la pierraille au derrière qui me cavale après, je crie aux autres : foutez le camp ! foutez le camp ! Tu sais comme, c'est des moments où la mort te passe dans les yeux, jaune ou verte, tu dis n'importe quoi, puis tu t'arrêtes... J'ai voulu me relever. Ma jambe était cassée. Comme pas une, elle pissait du rouge.

– C'est vrai. Même que le commissaire a dit de lui ôter sa chemise et sa culotte, vous vous souvenez vous autres ? et qu'on lui place un garrot, puis qu'avec de jeunes arbres coupés on lui fabrique une litière.

– Il avait une sale gueule.

– Qui donc ? », a fait Armango.

D'un coup de menton dans ma direction :

« Le commissaire. Calme, toujours fier, le nez dans le vent, comme si la troupe au bout du compte n'avait aucun agrément. Tu veux mon avis : du Cambo, il en faisait son profit, c'était sa petite idée, pas vrai ?

– N'empêche qu'il connaissait son affaire, a dit le Barbazan.

– Pour sûr qu'il la connaissait, je ne dénie pas, mais il reste que, nos trente années derrière, elles étaient à nous, comme nos terres, comme nos femmes.

– Il nous a sauvés.

– C'est certain. Parce que sans lui on serait encore des bêtes à ne point vivre dans le ventre de notre mère.

– Point d'histoire à se raconter.

– Point de noblesse à regarder nos troupeaux. »

Le Balaïte s'est penché vers moi :

« Regarde-les, ces morveux qui se prennent du bec. Ils jugent et te lanternent le vrai.

– Raconte à leur place, alors, l'engagea une femme.

– J'étais pas encore là », a protesté le Balaïte.

Mais la femme, pâle et nerveuse, s'adressant au Barbazan :

« Narre un peu qu'on t'écoute. »

Ce qui ne déplut pas au Guillaume qui entreprit aussitôt :

« Au sort, on en a sorti deux pour descendre le rompu. Bientôt, après un regard sur l'arrière, on a enfilé le sentier en grande hâte, à cause du retard, mais avec du plomb dans l'aile parce que, dans la montagne, il y avait du maudit, du perfide dans le ciel. On a marché longuet, tout silence, à mesurer nos pas dans les pas de celui qu'on suivait, des fois que par mégarde il y aurait un malheur sur la terre.

– Il dit vrai. On avait méfiance. Contre le malin. Contre nous autres. Le cœur n'y était plus. Et lorsque les monts, tout au-dessus de nos têtes, ont rétréci le ciel, pas un seul ne parlait.

– À Sainte-Engrâce, chez Rabahaux, le commissaire a signifié la pause et le repas.

– Voilà déjà huit bonnes heures qu'on allait.

– Chez Rabahaux, c'était bien. Il a donné du pain, du fromage et des œufs bien durcis.

– Du vin, du vin frais au gosier.

– À l'église, au milieu des tombes, on a fait la prière. Mais pas le commissaire, en retrait, loin derrière.

– Puis la marche, à nouveau, moi toujours avec mon râteau, les autres avec la fourche ou la faux, le couteau, la pelle sur l'épaule.

– Dans la forêt.

– En dessus des gorges, au long du Grand Étroit.

– Puis d'un coup, devant nous, le feu, tudieu, une rampe sur deux cents mètres de long, la route était coupée.

– Du bon travail, a fait le Balaïte qui s'humectait les lèvres du bout de la langue.

– De la merde de con !

– C'est point toi qui avais porté les bidons.

– Tu tires fierté, Balaïte.

– Pourquoi, non ? »

Le verbe s'échauffait, mais Henri Itahoa, d'un coup de poing sur la table qui fit trembler les verres, leur a dit :

« Taisez-vous. Vous êtes ici chez moi. »

Ils en sont restés cois. Alors il s'est mis à rire. Ça lui gonflait le cœur de les voir s'enlaidir pour des riens. Mais tout autant, ça lui faisait du bien. Bientôt, il a repris, le regard au ras de table à ne pas avouer son tréfonds :

« Maintenant, c'est au Pierre de causer. Je veux que devant vous tous il dégrafe sa liquette, qu'il se dresse torse poil et que du doigt sur la plaie vous sentiez encore le tracé du couteau sur sa poitrine, le muscle tranché sous la peau... Dis-leur, mon cadet, que pour eux tu as risqué ta vie. Dis-leur que la mort en vigueur est une belle joie. Sans toi, ils auraient fui. Crevés ils étaient, las de fatigue et de sourde terreur. Vous tous, ici, songiez déjà au retour, sauf toi, mon Pierre. Au sang qui bouillait dans tes veines, le sang des Itahoa, tu as dit : maintenant, c'est fini, plus de nuit, plus de nuit, on y va. Parce que là-bas, il y avait la Julia, le pays, la petitoune à grandir... Vous faites silence... Je ne sais pas dire, je suis berger, bûcheron, je n'ai point de langue vraiment pour causer. Mais ça me fait plaisir que vous vous taisiez, pour mon cadet, parce que sans lui, sans plus le goût du vivre, vous vous en seriez retournés, la queue basse... »

Tranquille, l'Henri a fait sauter la chemise de sur le dos de son frère. Il a posé la main sur la cicatrice. Doigts écartés. Paume écrasée. Mais si fortement écrasée qu'elle secouait le Pierre comme une chienne ses petits. Ils ont lutté, l'un boutant l'autre de sur son siège à la seule force du poignet, le second résistant de son mieux, grimaçant à loisir sous l'effort, la poitrine durcie, le ventre renflé. Les autres ont cessé de respirer. Vraiment, ils se sont tus. Étonnés. Pourtant, ça n'était pas la première fois que les deux Itahoa s'affrontaient en public. Ils aimaient à se cogner. L'Henri surtout. Mais cette fois, ça n'était pas pareil. À cause du silence. Un silence qui les dépouillait. Tunique à leurs pieds. Yeux grands ouverts. À bout de souffle, Pierre a lâché prise. Il a posé la main sur le bras de son aîné. Il s'est dégagé de l'étreinte. Il s'est levé. Torse déployé. Lisse. Glabre. Du bout de l'index, il a suivi le tracé du couteau. La mamelle gauche, traversée de bas en haut. Tout autour de lui, du plus jeune au plus ancien, les autres le regardaient, immobiles et tendus. Les traits tirés. Comme si du plus secret de leur chair émergeait une blessure qui leur déchirait la peau, une douleur assourdie, surprenante en soi mais vieille comme le monde, connue d'eux tous mais qui pourtant ne ressemblait à aucune autre, oui, deux lèvres béantes sur la poitrine de chacun d'eux, éclatantes de beauté, séduisantes comme une trace indélébile de vérité. Ils respiraient la souffrance. Ils caressaient le velours du sang. Ils se donnaient au monde, à ce point que plusieurs d'entre eux, debout, voulurent toucher vraiment. Et j'ai songé qu'ils avaient alors huit ans, tous ces rustauds que la terre marquait en rides. Déjà huit ans. L'âge du Francis à l'heure de sa première jouissance. Puis est apparue la tendresse. Une tendresse naturelle qui leur tremblait le menton. L'Henri s'est tourné vers moi, et tout soudain, comme s'il avait honte d'avouer – mais quoi, au juste ? –, il m'a dit :

« Qu'est-ce que tu penses de ça ? »

J'ai répondu, le bonheur au fond de moi :

« Rien. »

Pour du bon travail, à coup sûr, c'en était. Le Balaïte avait rattrapé le Dr Cambo peu après Saint-Engrâce, en deçà du Grand Étroit. Rattrapé, ça veut dire qu'il s'en était tenu à distance respectueuse. Tout silence. Prenant garde de poser les pieds sur le moussu. Malgré la charge qui lui sciait l'épaule. Le malaisé des branches qui s'enfilaient en travers du sentier. Tout ça pour ne pas surprendre le docteur. Pour qu'il aille au bout de la vie, tranquille, avec son petit chapeau sur la tête, sa mallette et puis sa canne à la main. Ainsi jusqu'au plus loin, tout au sommet de la croupe herbeuse qui s'écoulait comme un flot de vagues lentes vers les crevasses d'Holçarté. À ce point de la route, le Balaïte s'était assis sur une roche, la face au soleil, plein couchant, le ciel grand ouvert au-dessus de la tête. À ne plus songer à rien. Sinon aux autres qui ne devaient pas être éloignés. L'oreille attentive, il avait attendu la rumeur. Longuement. Crevant de peur dans son froc. Se rappelant les trente ans plus tôt, cul sur roc, au même endroit, le fusil entre les pattes à observer le Francis au milieu de la passerelle. Une idée comme une autre. Ou bien s'imaginant, paisible, à la garde d'un troupeau de vaches brunes, luronnes à plaisir, le mufle au vent, ruminant la fougère. Parce que c'était ainsi dans le Baretous, le bétail sur l'abrupt, qu'on en venait à se dire, tout éberlué : il y a du bon Dieu là-dedans, qu'elles tiennent ainsi debout là où nous autres à quatre pattes on déboulerait encore. C'était comme ça. Il ne songeait à rien, mais, des idées par-dessous le crâne, il en avait pour dix.

« Après, ce fut terrible, a repris le Balaïte. Le feu était partout. Les bidons d'essence, je les avais vidés sur les buissons, sur l'herbe rouille, autour des pins. Il faut bien reconnaître que le travail était fait de main de maître. Je tenais le couteau, lame ouverte. Mais je claquais des dents. Je les attendais derrière la barrière, ça crépitait comme cent diables, un branle de tonnerre, je les attendais, le couteau bien en main, et je me disais : le premier qui passe… Je n'avais jamais tué un homme. Je ne savais pas ce que c'était… Par moments, flammes rabattues, je les voyais dans l'orange. Gesticulant. Des sauvages à me pourfendre. Des furieux qui chantaient. Ils avaient repris vigueur. Mais c'était la peur qui m'en faisait trop croire, c'est l'Henri qui l'a dit, car ils avaient de la trouille jusque dans la moelle… Tout soudain, va savoir comme, c'est le gentillet qui a passé, celui que je n'attendais pas, le commissaire, d'accord, l'Henri, le Guillaume, mais lui, sacré bon sang ! bras écartés, planté fier comme un chêne, il était là. Alors j'ai perdu le sens, le Pierre, c'était point possible, je n'étais plus sur terre, je me suis avancé, tant pis, j'ai frappé, tête baissée, les yeux fermés, qu'est-ce que tu voulais que je fasse d'autre ? Mais je t'ai raté, vlan ! sur la poitrine, une belle traînée de sang. Pauvre gosse. Une sacrée chance ! Mais, ensuite, je n'ai plus rien vu. Pas même le couteau, déjà loin d'ici, que j'avais balancé. Parce que j'avais l'Henri sur le dos, qui me bourrait de coups, me traitait de salaud, me roulait sur la pente. Je dévalais. Je criais : Cambo ! Cambo !

– À ce moment, on s'est redressés, le Balaïte à nos pieds qui se tordait comme pas deux. À vingt pas, les crevasses. On n'en croyait pas nos yeux. Des ombres, il y en avait partout, rayonnantes, avec des étincelles de soleil entre les branches. Les nuages s'enlevaient en filets mauves. La passerelle, du solide, de l'acier. Le roc en à-pic, et du profond comme nulle part ailleurs… Et puis, là-bas devant, le commissaire, face au Cambo, comme s'ils avaient à se dire du secret. Ils s'expliquaient. Le Cambo déjà perché au-dessus du vide, sans effroi, malgré les deux cents mètres, et le commissaire, les mains dans les poches de son imperméable…

– Je disais bien qu'il en faisait son affaire.

– Tu disais… Il n'empêche, le commissaire avait compris bien des choses… Pas longtemps après, le Cambo, il a sauté. Sans un cri. Comme ça… Devant nous autres qui avions du frisson jusqu'au bout des orteils. Il a rebondi sur un piton.

– Et il y a eu miracle…

– Il y a eu miracle, oui, a répété machinalement le Guillaume. D'abord le son des cloches, tout au fond des crevasses, puis la lumière du ciel qui s'est élevée sous nos yeux, transparente, étoilée d'or et de bleu. Pour tout dire, le Cambo, c'est comme si, dans sa chute, un bras puissant l'avait réceptionné, le bras du Francis, puis l'avait entraîné vers le haut… On a vu le Francis, il était tout sourire, et le docteur qui le suivait comme si de rien n'était, sa mallette à la main, le chapeau sur la tête. Je te jure que ça valait le coup d'œil. Tout ça, je te dis, dans un fracas de cloches et de lumière. Un tourbillon jailli du profond des crevasses. On s'est retrouvés à genoux… C'est alors, Balaïte, de ça tu dois te souvenir, que tu as regardé ta montre…

– C'est vrai, a confirmé le Balaïte. J'ai jamais su pourquoi. »

Tous, ils ont respiré un grand coup.

IV

LA NUIT DÉJÀ BIEN AVANCÉE, ils sont repartis chez eux, les jeunes et les plus vieux, les uns tenant à bout de bras les lanternes, les autres silencieux, repliés sur eux-mêmes... Ils se disaient qu'un jour, si le commissaire le voulait, ils auraient une place en France, et qu'on viendrait les voir. Ça les ennuyait, cette idée, mais ça leur réchauffait le cœur... À son tour, le commissaire s'en est allé. Il a dit au revoir à Pierre, à Henri, à Julia qui s'était levée, au Balaïte aussi. Puis ce fut le sentier, la solitude et le poids des mots.

Tous ils étaient rentrés, hormis le maire de Lescun, quand le commissaire, toujours à son côté, s'est fait ouvrir la porte de la pièce aux archives. Tout d'abord il a hésité à entrer. Parce qu'il y avait du pour et puis du contre. Bientôt, il a passé le seuil. Et alors, il a dit :

« Laissez-moi… »

La porte s'est refermée. Un instant troublée, la nappe de silence se réinstalla doucement, épousant au plus près l'espace inoccupé. Le commissaire fit un pas, puis deux, ensuite il s'est dirigé vers la lampe qu'il savait posée sur une planche, à hauteur de menton, près de la fenêtre. Il a craqué une allumette. Sa main tremblait. La pièce s'est inondée de clarté dorée. Les murs et les meubles, les dossiers empilés se sont animés à la lueur de la flamme. Puis, à la table qu'il a caressée du bout des doigts, il s'est assis. Bientôt, il a pleuré… Et ça a duré longtemps.

Pour ceux de Lescun, qu'ils soient jeunes ou vieux, il y eut de la joie comme jamais. Parce qu'en cette nuit l'étoile était unique, comme une flamme d'Ascension, révélatrice de vie. La vie, c'est-à-dire la leur. Alors, pour ne rien perdre de l'enfant qui vient au monde, ni du battement de son cœur ni de sa respiration, ils ont veillé. Les uns, jusque sous la fenêtre de la mairie. Les autres, bien au chaud chez eux, mais le nez collé aux carreaux, les yeux écarquillés, la tête en avant, à regarder la nuit, et au travers d'elle la flamme qui passait les persiennes. Les plus vieux étaient tassés sur eux-mêmes, le cul sur un coin de chaise, ils somnolaient. Pour les plus jeunes, et parce qu'il y avait du mystère, ils trépignaient, souriaient, tournaient la tête à droite, à gauche, observaient le père ou la mère, leur attitude était d'attente et d'anxiété. Et c'est ainsi qu'ils ont veillé, les Itahoa comme les autres, qu'ils fussent du Lhers ou de Garcet, la Célestine par-devant le feu, les veuves en dégrainant le maïs ou bien tissant la toile, et tout ça sans amour, parce que l'amour cette nuit-là ils le gagnaient en pitance.

Je nous revois encore, le Balaïte à se ronger les lèvres, mais le regard loyal (c'est peut-être ce regard qui m'éveille au souvenir) et, moi, les yeux gonflés, pas fier d'avoir pleuré sans raison vraiment avouable, ou la raison était-elle ancrée si profond qu'alors je ne la discernai pas. Comment était-il entré sans que je m'en aperçoive ? Et depuis combien de temps ? Je ne saurais le dire. Je ne l'ai jamais su. Et d'ailleurs cela importe peu. Pourtant, il a extirpé une montre de son gousset. Il a hoché la tête. D'un signe de la main, il m'a signifié que l'heure était venue d'en finir. Que tout ça, maintenant, n'avait que trop duré. Et que ce serait à présent, ou jamais. Il me regardait, percevait instantanément chacune de mes réactions. Regard direct et qui vibrait, je m'en souviens. Comme s'il n'y eût que du naturel aux choses, et que les choses fussent comme lui, parties de mon corps et de mon cœur. Au recul des jours, je suppose qu'alors il m'estimait, je m'entends, l'œil averti, quasi l'esprit lointain, mais soucieux comme au foiral, après avoir considéré une bête, de n'avoir pas à regretter sa démarche. Il me dit :

« Écoute... »

Je l'ai déjà précisé, je crois : il avait vieilli, mais ça n'est pas pour autant qu'il laissa de me surprendre. D'abord, il a essuyé la table du revers de la main, à cause de la poussière, puis il a reniflé trois coups. Ensuite, il a sorti de sous son siège une bouteille et deux verres. Bientôt, il m'a souri, sourire nuancé d'ironie mais qui cachait une pudeur secrète.

« Pour effacer les larmes... »

C'est ce qu'il a dit en me versant à boire. Mais la crainte le saisit-elle alors de n'avoir pas assez des quelques heures qui nous séparaient du crépuscule ? Il reprit aussitôt :

« Je me retrouve, toi devant moi, comme après la mort du Sébastien. La lampe est rustique. La table aussi. Quand même, ça me fait tout drôle... Tu vas me dire, commissaire, qu'un jour ou l'autre... Mais c'est pas vrai. Il faut que tu te mettes bien ça dans la tête, que c'est pour eux que je suis là, point pour moi qui pourrais vieillir sans mot dire. Seulement voilà, ils sont derrière la porte à te guetter, pas un seul n'a cherché le sommeil, ils attendent le point du jour et, dès le soleil rasant, ils n'auront d'yeux que pour toi… Qu'est-ce que tu leur diras ? Rien, bien sûr. Rien, puisque leur histoire au fond ils ne la connaissent pas plus que toi. Pourtant, ils espèrent. Une vie… Je parierais bien que tu la leur as donnée déjà. Par lambeaux… Des mots… J'imagine… Ça doit commencer par… Tiens ! Il est 8 heures. Le Dr Cambo s'éveille, s'étire, se lève. Un jour comme les autres… Excuse-moi, commissaire, je déraille… Après tout c'est ton travail, pas le mien… »

Il s'offrait un paradis, le Balaïte, pour un secret que lui seul détenait encore. Je lui ai demandé :

« Pourquoi es-tu venu ? »

Il m'a répondu :

« Pour toi… Je te l'ai dit : pour eux, pour me faire plaisir, pour la Célestine, et parce que l'horloge, maintenant, marque les heures. Et puis pour mon Cambo qui s'est sali les mains d'avoir trop usé sa vie, la vie des autres. Pour te raconter, si tu préfères. Parce que si tu leur donnes, à ceux d'ailleurs ou d'en France, et selon ta promesse, un peu de notre planète, il y faut du vrai. Et le vrai, tu sais ça mieux que moi, ça ne s'invente pas. »

Alors, je lui ai dit :

« Raconte, Balaïte. »

Mais il a fait le sourd, il a continué sa route et, sans que je m'en rendisse vraiment compte, il s'est accordé du plaisir comme jamais, parce qu'à dire son secret il eut du sang jusque bien haut sous son crâne.

« Tu peux m'en croire, il y avait du bon Dieu sous la neige et, dans la terre, de la rutilance en flaques. J'avais laissé derrière – une idée comme une autre, disons qu'à mon gré c'était mieux – les deux qui venaient après moi, le Bertram et l'Itahoa. Tu sais ce que c'est, il y a des choses qui remuent dans la tête, tu ignores quoi, mais tu trouves ça naturel : c'est un peu comme ta présence ici, je parierais que tu ne te l'expliques pas : ou bien je prends ça pour le vent qui passe les montagnes, il est né d'ici, mais d'ailleurs tout autant... Au pas de la dernière croupe, les crevasses qui tremblent. Moi, je suis pantois, point bavard à regarder le vertige en étroit qui se perd sous la terre et duquel s'élève une vapeur glaciale. Je dévale la pente. Derrière moi, la neige se cavale. Il y a le Cambo. Par-devant, le Francis sur la passerelle. Je te dis, c'est de 43 que je te parle, l'année de la facerie. Je n'entends pas. Pas distinctement. J'approche. Mais tout doux. Parce que, si jamais je les apeurais, point de mystère, point de secret. Alors j'écoute... »

Il a fait silence, le Balaïte.

Je lui ai demandé :

« Tu te fais du mal ? »

Il m'a répondu :

« Je le crois bien, oui, ça se réveille en moi d'une drôle de façon… Tout à l'heure, à te dire la mort du Bertram et la fin du docteur, je respirais plus fort, comme à ma faim. Peut-être qu'après tout, ami de vieille date à qui l'on conte les souvenirs, étais-tu parmi nous comme au milieu des souvenirs. Tu vois ce que je veux dire. C'est un peu de ton pain à toi qu'on trempait dans ton vin. Le commissaire, c'était lui, c'était l'autre, pas toi. Ce doit être notre façon à nous de t'aimer. Tout ça pour te dire que les trente années derrière que tu devras raconter et dont je te donne le bout, eh bien ! jamais je n'oublierai. Un jeu cruel, mais que tu dois apprendre : le rendez-vous avec la mort. Imagine un peu… D'abord, comme je t'ai dit, tu écoutes. De l'attentif. Et là-bas devant, tu les entends : comme une engueulade… À celui qui aura le dernier mot… Pas un des deux ne cédera… Mais au vrai, parce que la montagne est là pour déjouer le savoir, tu restes comme un couillon. Elle résonne comme un tonnerre profond, elle te bourdonne sous la casquette. Et finalement tu ne comprends pas un mot du discours. C'est peut-être ça le plus important. Parce que, vois-tu, notre histoire, elle tient dans le creux de la main… Comment t'expliquer ? Mais elle ne pèse rien. Le moindre coup de vent, le plus léger des souffles de l'air et la voilà qui s'échappe sans qu'on puisse un instant la retenir, ne serait-ce que pour la regarder en face une seconde. Bien sûr, elle nous agace parfois. Alors on compose avec elle. Comme avec les montagnes. Parce qu'il est sage de rester simple, ou de ne pas saisir tout à fait le sens des choses. Le pourquoi de la terre qui tourne autour du soleil, ou l'inverse, peu importe. Oui, commissaire, comme avec le cirque qui se tait, nous dérobe le vrai au dernier instant, lorsque la sueur après la peine nous vrille la peau du dos. Pour moi, le Dr Cambo a vécu dans cette ignorance. Il n'a pas entendu. Il n'a rien su de son existence, ni de Francis ni du jeu qu'il menait. Pour qui ? Pour lui ? Pour nous ? Et c'est peut-être pour qu'on n'en sache rien, pour qu'il y ait silence ou tonnerre, qu'il nous a guidés jusqu'à l'abîme… Je te le dis, ça fond comme du sucre. Ça nous entraîne. Ça nous étouffe. Mais on compose. On s'habitue. On pense à autre chose. Qu'est-ce que tu veux qu'on fasse d'autre ? Ou bien on se tue. Comme ça. Comme le Francis. Parce qu'on a trop d'amour ou de désirs en soi et que ça fait mal au cœur de ne pas savoir pourquoi… Je t'ai demandé si tu avais revu Célestine Arbitous et tu m'as dit : oui. Elle et le docteur, tu ne peux pas savoir comme ils s'aimaient. Il lui rendait visite très souvent. Il espérait qu'un jour elle lui dirait de rester près d'elle. Parce que sa chambre était prête. Mais il n'en a jamais rien su. Parce que, de cet amour, elle ne saisissait pas le fond. La faute à qui ? À notre nature d'homme. Mais je déraille encore. L'heure a fait sa route... Alors je me lève. Je perds le sens commun. Parce que, bon sang, notre histoire, j'ai l'impression qu'elle tourne au vinaigre. Que ça se gâte. Que les crevasses, elles vont nous bouffer. Que notre idée de légende, c'est de la connerie. Qu'on est heureux dans notre cirque, sans la guerre, ni les autres à nos trousses... Mes yeux, je les ouvre tout grand, comme des billes. J'ai le cœur qui flambe. Qu'est-ce que je vois ? Je te le donne en cent : le Francis, debout sur le filin, au milieu de la passerelle. Il a le rire aux lèvres. Mais un rire, va savoir, fendu jusqu'aux oreilles. C'est le diable en personne qui nous liquéfie l'espoir. À ses pieds, le docteur. La tête en arrière, les bras en croix, les mains au ciel, qui s'invente des péchés plus mortels les uns que les autres. Et tout à coup, au moment où je m'y attends le moins, ni une ni deux, c'est la culbute. Deux cent cinquante mètres, il a dû trouver le temps long. Mais pour moi qui suis éloigné comme d'ici au bas de l'escalier, il n'a pas fait vingt mètres, le Francis, qu'il a déjà disparu, avalé tout net par la brume du fond… Le reste, ça tient en peu de mots : le docteur se retourne, il est blême, dans le creux de la main il serre la crosse d'un revolver, le doigt sur la détente, il tire deux coups en l'air, puis vers moi – à croire je te le jure qu'il me savait derrière –, il arrive et il me dit : Il s'est bien battu le Francis. Un Francis qu'il accompagne d'une bourrade sur ma cuirasse. Je ne suis pas trop sot. Point besoin d'en rajouter. Après lui, je répète : Ça oui, le Francis, il s'est battu comme il faut… Autrement dit, notre histoire, elle continue… Alors il se met à rire. Mais j'ai les genoux qui me portent mal, ce doit être le vertige. »

Il avait l'œil brillant, le Balaïte.

« L'homme qui devait passer en Espagne, qui était-il ? »

Il m'a répondu :

« Tu me nigaudes, commissaire. C'était le jeu. Une case vide par-dessus laquelle on a sauté. Après ça, on est repartis, mais à grande allure cette fois. Parce que des Allemands, il pouvait y en avoir. Au sommet de la croupe, le Bertram et l'Itahoa nous attendaient.

– Savaient-ils ?

– Peut-être… Ou peut-être pas… »

Il s'est levé. Pendant un moment, il s'est niché dans l'ombre, comme pour éviter que ne se remarque son émotion. Il me tournait le dos. Il a bougonné, presque hostile :

« Ils sont morts. C'est déjà pas si mal. »

Puis il s'est retourné, le visage animé. J'allais encore parler, lorsque sa voix me devança :

« Je t'assure, commissaire, le docteur n'était pas un monstre. Le jeu de la mort, c'est à nous tous que tu le dois. Parce qu'on s'ennuyait. Parce qu'on avait le temps immobile. Tu marqueras ça dans ton bouquin. Le temps immobile. »

Plus jamais je n'ai revu Antoine Balaïte.

Au petit matin, le commissaire était seul. Alors il est sorti, la porte grande ouverte sur le jour il a respiré un bon coup, sans se soucier un instant des regards posés sur lui, puis il est parti sans rien dire à personne. Sauf à la vieille Célestine qu'il a rencontrée à la croisée des deux routes. Mais ça n'était pas un hasard.

« Comme ça, tu t'en retournes déjà chez toi ? », a-t-elle remarqué.

Simplement, il a répondu :

« Oui… »

Ensemble, ils ont fait un bout de chemin. Elle se taisait, le regard au ras du sol à se méfier des pavés disjoints. Il la tenait par le bras, la tête haute, assez fier d'avoir à ses côtés ce petit être fébrile, mais à l'âme encore forte. Bientôt, ils se sont arrêtés. Elle souriait. Il lui a demandé :

« Parlez-moi de Francis… »

Alors, la tête posée sur le bras qui la soutenait, elle a murmuré :

« C'est à toi, petitou, de me le faire connaître. Parce que nous autres ici, on a encore la foi, tu sais. On se dit : Notre cirque, il va le faire éclater, comme un tonnerre sur la terre, un tremblement des Pyrénées. Tu veux que je te dise : Tu as bien du bonheur d'avoir à raconter cette histoire, mais ta chance… Si tu savais… »

Elle s'est interrompue brusquement, puis elle eut un geste incisif de la main, comme pour éloigner d'un coup un amas de pensées importunes.